马洛伊·山多尔作品

将军一眼认出信封上的笔迹，接了过来，揣进兜里。他走进清凉的前厅，一言不发地将草帽、手杖递给猎手，从放雪茄的衣袋里摸出眼镜，走到窗前，在昏暗之中，借着从半开半掩的百叶窗缝隙透进的光线开始读信。

“等一下。”他忽然侧过脸叫住拿着草帽、手杖正准备离开的猎手，但并没有回头。信在他的手中被揉成一团。

“你去通知卡曼六点钟要套上马，备好轿厢，因为晚上有雨。告诉他要盛装打扮。你也一样。”将军说，随后突然加重语气，仿佛对什么事情感到愤懑，“一切都必须锃光瓦亮。叫他们立即动手清洗马车和马具。你要换上礼服，听懂了没有？你挨着卡曼，坐到驾驶座。”

“遵命，尊贵的老爷。”猎手应道，目不转睛地盯着老爷，“六点钟。”

“你们六点半出发。”将军吩咐，随后默不作声地嚅动着嘴唇，像是在数数，“你去白鹰旅馆。你就说，是我派你去的，专程驾车去接上校先生。你给我重复一遍。”

猎手重复了一遍主人的话。这时候，将军似乎想说什么，抬了下手，朝着天花板望了一眼，但他最终还是什么也没说，朝楼上走去。猎手神色紧张地立在原地，

1

上午，将军在榨汁房[1]的地窖里逗留了很久。天刚破晓，他就带着酿酒师去了葡萄园，因为有两桶葡萄酒开始发酵。装好瓶后回到家里，已经是十一点多钟了。门廊里潮湿的砖石散发着霉味，他的猎手站在廊柱下，将一封信递给刚回来的老爷。

“这是什么？”将军满心不悦地停下来问，整副黝红的面孔都隐在宽大帽檐的阴影里，他将草帽从额头朝脑后推了一下。他已经有几十年不拆信，不看信了。信件由一位管家在庄园管理办公室里拆开，拣选。

“这是信使送来的。”猎手回答，身子僵直地站在那儿。

---

1 通常为建在葡萄园中央的石头小屋，新采摘的葡萄在那里榨成汁。还用来存放酿酒工具，一般与酿酒、藏酒的地窖相通。

MÁRAI SÁNDOR

A GYERTYÁK CSONKIG ÉGNEK

烛烬

［匈牙利］马洛伊·山多尔 著

余泽民 译

译林出版社

目光呆滞，一直望着那个肩膀宽阔、身材敦实的背影在楼上拐角处的雕花石栏后消失。

将军回到自己的房间，洗完手，走到又高又窄、铺着染有墨渍的绿色羊毛毡的高脚桌前。钢笔和墨汁端端正正、不差毫厘地并排摆放；在一块网格图案的蜡麻布上，依次斜挂着几本小学生用的作业簿；一盏绿灯罩的台灯立在读经台中央。由于房间里面光线昏暗，他打开了台灯。在紧闭着的百叶窗后，在闷热、萎蔫、枯槁的花园里，夏日宣泄着最后一股怒气，就像一个纵火犯，在远走高飞之前怀着丧失理智的愤恨点燃了边境。将军掏出那封信，小心翼翼地将信纸展平，鼻梁上架着眼镜，在刺眼的灯光下又读了一遍字迹潦草、笔画粗犷、言简意赅的那几行字。读信的时候，他将两手反剪在背后。

墙上挂着日历，上面印着拳头大小的数字。8 月 14 日。将军把头向后仰着，在心里默算。8 月 14 日。7 月 2 日。他默算着一个过去的日子与今天之间所逝去的时光。“四十一年！”他终于脱口道出。他一个人时，在房间里大声自语已经有一段时间了。“四十年了。”他这时又说道，语气里流露出焦躁不安。他就像一个小学生在读课文时遇到晦涩难懂的段落，脸憋得通红，头往后仰，闭上眯细的眼睛，从米黄色外套领口露出的脖子涨得又红又粗。“1899 年，7 月 2 日，就是在那一天打的猎。”他喃喃自语。随后是一阵沉默，他若有所思地将胳膊肘拄在台面上，如同一个背书的学生，再次盯着那几行手迹，那封短信。“四十一年，”终于他用嘶哑的嗓音说，“零四十三天。一晃过去了这么多年头。”

现在，他似乎平静了一些，开始来回踱步。房间是拱券结构的，中央有一根立柱支撑着拱顶。曾几何时，这间大屋原本是两个房间，卧室和更衣室。许多年前——他指几十年前，他不喜欢准确的数字，似乎每个数字都让他回想起某些最好应该忘掉的记忆——他下令拆掉两间屋的隔墙，只留下这根柱子支撑着拱顶。这幢房子是两百年前修建的，是一位军粮供应商盖的，他曾将雀麦卖给奥地利骑兵，后被册封成公爵。这座庄园就是在那时修建的。将军在这里出生，就在这间屋里，准确地说，在当时光线昏暗的后屋。后屋是他母亲的卧室，窗户面向花园，正对着管家和仆人们的房间；他现在所站的地方，则是相对敞亮通风的更衣室。几十年前，当他搬到庄园的这一翼时，拆掉了与母亲卧室相隔的那堵墙，将两间小屋合并成一间光线昏暗的大屋。从门到床，总共要走十七步。从院墙到阳台，要走十八步。他数过不知道多少遍，所以准确地知道。

他住在这间屋子里，有如一个人习惯了自己的患者身份。房间像是根据他的身材盖的。许多年过去，他再也没有跨进庄园另一翼半步，那里的绿色、蓝色和红色沙龙，与金色吊灯相映成趣。窗户面向院落，对着一片栗子树。每到春天，栗子树就会越过护栏，伸到阳台，树枝上装点着粉红色蜡炬；它穿着墨绿色的华服，威仪堂堂地张开怀抱搂住南侧的翼楼，在阳台的石栏前营造出一个生机勃勃的空间。一个个胖天使支撑着护栏。每天清晨，他不是去榨汁房，就是去林子里，要么就去鳟鱼溪——冬天也一样，哪怕大雪纷飞。回到家后，他穿过前厅上楼，走进自己的房间，并在这里用餐。

“他回来了。”将军站在房间中央大声地说，“四十一年，零四十三天。”

他说这话时，感觉到疲惫，仿佛现在才意识到：这四十一年零四十三天，是多么漫长的时光啊！他脚步蹒跚，坐到一把靠背已被磨破的皮椅上。小桌上摆着一只银铃，他伸手抓起，摇了两下。

“叫妮妮过来！”他向男仆吩咐。随后他又和缓地补充了一句："请她上来。"

他坐在那里一动未动，直到妮妮进来，他仍然手攥着银铃。

2

妮妮已经九十四岁，但是她很快就出现在门口。她曾在这间屋里哺养过将军。将军出生的时候，她就在这间屋子里。当时她只有十六岁，而且非常漂亮。她个子不高，相当结实，仿佛体内蕴藏着秘密，仿佛有什么东西藏在她的骨头里、血液里和肌肉里，藏着时间或生命的秘密，藏着秘不告人、不可翻译、任何词语都难以负载的秘密。她是一位乡村邮递员的女儿，十六岁时就生了孩子，但是她从来不说孩子的父亲是谁。由于奶水很多，她给将军哺乳；她被父亲从家里赶走，来到庄园。当时她一无所有，只有一身衣裳和夹在信封里的一绺死婴的头发。她就这样来到了庄园。将军出生后吮吸的第一口奶水，就是来自妮妮的乳房。

她就这样住进了庄园，寡言少语，一住就是七十五年。她总是面带微笑。她的名字穿过一个个房间，仿佛庄园里的人在互相提醒着什么事情。他们叫：“妮妮！”像是要说：“真有趣啊，世界上除了自私、激情和自恋之外，还存在别的东西，妮妮……”由于她无处不在，有求必应，以至于人们从来看不到她。由于她总是开朗快乐，所以人们从没有询问过：她爱的男人走了，她盼的孩子死了，她怎么还能有这么好的情绪？她不仅哺养将军，还看着他长大，一晃过去了七十五个春秋。有的时候，在庄园和全家人的头顶炎炎烈日灼烤着，在令人晕眩的阳光下，大家居然发现妮妮的脸上仍挂着微笑。后来，公爵夫人，也就是将军的母亲去世了，妮妮用蘸了醋的湿布擦拭死者煞白、冰冷、挂着黏腻汗水的额头。有一天，人们用担架把将军的母亲抬回家来，她不慎从马上摔了下来，之后活了一年。妮妮精心照料她，用法语为她朗读。妮妮并不懂法语，只会念字母；她不知道正确的发音，所以只能念字母，念得很慢很慢，好让听的人能够跟上。不过即便如此，病人还是能听懂。后来，将军结婚了，当他们度完蜜月回到家时，妮妮站在庄园的大门口迎接他们。她吻了新娘的手背，并献上一束玫瑰。将军经常想起那一刻，当时妮妮也是满脸微笑。后来，二十年过后，将军妻子去世，妮妮不仅守墓，还看管女主人留下的衣物。

在这个家里，她既没有头衔，也没有官阶。人们只是感到她能量充沛。说来有趣，只有将军知道妮妮已经九十多岁了。庄园里没人谈论这个话题。妮妮的能量充满整幢房子，穿过人们的身体，穿越墙壁和屋内的陈设，就像在木偶剧院里操纵小舞台上的角色们，操纵亚诺什勇士[1]与死亡的秘密电流。人们有时候感到，若不是妮妮将他们维系到一起，这幢房子就会连同房内的陈设轰然坍塌，就像远古的旧物，一旦被触摸，就会立即损毁，变成碎片。妻子去世后，将军在外云游了一年。回到家后，他立即搬进了庄园旧翼的母亲房里，将他和妻子一起居住过的新翼锁了起来，连同饰有浮华、奢靡的法兰西丝绸幔帐的彩色沙龙，连同带有壁炉、书柜并悬挂着麋鹿角、松鸡标本、羚羊头的宽敞书房，连同透过窗户可以眺望山谷、小城和蓝雾笼罩的山峦的敞亮餐厅，连同女主人的房间以及紧靠女主人房间的自己的旧卧室。三十二年前，当女主人去世，将军从国外回来后，只有

1 亚诺什勇士是匈牙利诗人裴多菲一首同名长诗中的主人公。

妮妮和仆人进出那些房间，每隔一个月打扫一次。

“请坐，妮妮。”将军说。

乳娘坐下。这几年，她变老了。人在九十岁后，衰老的方式与五十岁或六十岁后完全不同。毫无怨艾地衰老。妮妮的脸上布满皱纹，而且是呈粉红色——非常尊贵的物件才这样衰老，譬如织入了一家人所有的巧智与梦想的百年绸缎。几年前，妮妮得了白内障。现在她的一只眼睛有些忧伤，是灰色的；另一只依旧湛蓝，宛若八月群山中亘古不变的海眼一样。这只眼睛是微笑的。妮妮的装束一辈子不变，深蓝色的呢料长裙和紧胸衬衫。好像七十五年来她从来就没有换过衣服。

“康拉德来信了。”将军说，一只手有意无意地举起信笺，“你还记得他吗？”

“记得。”妮妮回答。她什么都记得。

“他就在城里，”将军小声对乳娘说，像是告诉她一条格外机密的重要消息，“住在白鹰旅馆。他晚上过来，我会派车去接他。在这里用晚餐。”

“这里，在哪儿？”妮妮平静地问。那只蓝色的眼睛里露出明快的微笑，环视了一下房间。

这里已经有二十年没有接待过客人了。偶尔有来用午餐的造访者，州、市政府的官员或巡回狩猎的客人们，均由庄园总管在树林里的猎宫设宴款待，那里一年四季都宾至如归；卧室、浴室、厨房、高大的猎人餐厅、露天的拱廊和山羊腿的饭桌夜以继日地恭候宾客。在这种场合，庄园总管坐在宴席上座，以将军的名义款待猎人或官老爷们。没有人觉得受到怠慢，因为他们都知道，庄园的主人是隐形人。只有牧师每年进一次庄园，而且是在冬天，当加什帕尔用粉笔将迈尼黑尔特和博尔迪扎尔两个名字的首字母写在庄园大门的门楣上时。牧师还为这一家人送葬。除他之外，从来没有别人进去过。

“到那边去，”将军问，“可以吗？”

“一个月前打扫过。”乳娘回答，“可以。”

“晚上八点，可以吗？”他追问道，神情里流露出一丝孩子气的好奇，他坐在扶手椅里，上身前倾，“在大厅里。现在已经中午了。”

“中午？”乳娘说，“那我现在就通知他们。六点之前通好风，然后布置宴席。”她的嘴唇无声地嚅动着，好像在默算，默算还有多少时间，总共有多少项任务。“好吧。”她随后说，音调平静而果断。

将军的上身前倾，好奇地盯着她。

两条生命一同涨潮，在格外衰老的身体内，缓慢的生命节奏波涛暗涌。他们彼此了如指掌，比母子之间、夫妻之间还要熟悉。这个由他们的身体结成的共同体，要比所有身体的共同体更加知心。也许这是哺乳的缘故。也许因为妮妮是将军出生的那一刻，在他跟所有新生儿一样还身挂血丝和秽物时，第一个看到他的生灵。也许由于这七十五年，他们始终生活在同一个屋檐下，吃同样的饭，呼吸同样的空气；房子的潮气，窗前的草木，都是他们共有的。这一切没有任何名分。他俩既不是姐弟，也不是情人。然而他们的关系另有意味，他们朦朦胧胧地知道这个。一种姐弟之情，但要比在母亲子宫里的双胞胎之间的感情更丰富、更浓稠。生活将他俩的昼夜交织到一起，他们熟知彼此的身体与梦想。

这时候，乳娘问：

“你是想，跟以前一样，是吧？”

“是的，”将军说，“所有的一切，都要跟最后一次一样。”

“那好。”乳娘回答得十分简洁。

她走到将军跟前，躬身吻了一下那憔悴衰老、布满皱纹和色素斑的手。

“答应我，”她说，“不要过于激动。”

“我保证。”将军平静而顺从地回答道。

3

直到五点，房间里没有传出任何动静。这时，他摇铃叫来男仆，说要洗一个冷水澡。他没吃午餐，只喝了一杯凉茶。他躺在长沙发上，躺在光线昏暗的房间里，夏日在冰凉的墙壁后面蒸腾，发酵。他倾听阳光滚烫的喧沸和低垂着的树冠间热风的婆娑，捕捉着庄园内的窸窣碎响。

现在，当第一个惊喜过去之后，他突然感到疲倦。人们一辈子都在为某件事做着准备。先是积怨。然后想复仇。随后是等待。等了许久之后，已经忘记了何时积下的怨，为什么想复仇。随着时光的流逝，一切还在，但却像模糊褪色了的老照片一样固定在金属板上。时间洗刷了照片上清晰的轮廓和独特的光影。必须转动照片，找到某束合适的光线，使我们能在不见图像的金属板上辨别出某人曾经投下过的镜影的面部轮廓。因此，虽然所有人的记忆都会因时光的推移而变得模糊，但是总有一天，从哪里射来的一束光线，能让我们再次看到某张面孔。将军在一个抽屉里珍藏着这样的老照片。他父亲的肖像。在那张照片上，他父亲穿着宫廷近卫队队长的军服。他的头发柔软拳曲，像女孩一样。雪白的近卫队斗篷从他的肩头垂下；他戴着戒指的那只手，在胸前攥住斗篷的前襟。他的头偏向一侧，显得傲慢和怨愤。他从来没有提到过，他的怨愤是从哪里来的或因为什么原因而积下的。他从维也纳回来后，便开始打猎。不分白天黑夜，每天都去；假若没有遇到猎物，或者赶上了禁猎期，他就会打狐狸，打乌鸦。他好像想要杀死谁，好像无时无刻不准备复仇。将军的母亲是位女伯爵，她禁止在庄园内打猎。是的，她禁止并远离一切能让她想到打猎的东西，比如枪支、子弹带、古代弓箭或鸟类标本。因此，近卫队长修建了那栋猎宫。随后，他将那里布置得满满当当：壁炉前铺着四张熊皮，墙上挂满了雪白的绵羊皮，棕色带框的墙板上挂着武器——奥地利猎枪、英格兰猎刀和俄罗斯弹丸式长枪。那里备有所有打猎用的东西，还有在猎宫附近豢养的猎狗：一大群狼狗、特兰西瓦尼亚猎犬和维希拉猎犬，那里还住了三位饲养冠鹰的训鹰师。将军的父亲住在猎宫里。庄园里的人只有在吃午饭时才能见到他。庄园里的墙上挂着浅色的法兰西丝绸幔帐，有浅蓝色的、浅绿色的、浅红色的，幔帐上的金线是在巴黎近郊一家织布厂里织入的。每年秋天，女伯爵都借回家探亲的机会，亲自去法国工厂或商店选择壁纸和家具。这种省亲之旅连年未断。她有权这样，因为她在嫁给陌生的近卫官时，特意在婚姻协议书上写明了这项权利。

“也许她的旅行事出有因。”现在将军这样猜测。

他指的是，父母之间缺乏理解。近卫官之所以打猎，是因为他无法摧毁有其他人跟自己一样生活的这个世界——陌生的城市、巴黎、庄园、外语和生活习惯——所以他杀狍子，杀狗熊，杀麋鹿。是的，也许这就是母亲旅行的原因。将军站了起来，走到白色、敦实的陶瓷壁炉前，从前用它为卧室供暖。壁炉很大，有一百年了，热气扑面，像是从一个好心肠、大肚子、行动迟缓、想用某种高尚而廉价的善意言行减少私心的家伙身上散发出来。显然，母亲在这里感到很冷。对她来说，这座庄园黑暗阴森，这间拱券式的老屋毫无生气地隐在林中：

所以她在墙上挂满了各种颜色的艳丽幔帐。她感到很冷，因为林中的风永远在刮，即使在夏季，风中夹杂着山溪的味道，像在早春时节积雪融化后小溪涨水时的味道。她感到很冷，所以那个敦实的白色陶瓷壁炉总是烧着。母亲期待发生奇迹。她之所以来到东欧，是因为一股直抵心扉的激情，那股激情比所能解释、所能表达的要强烈得多。他们是在近卫官服役期间认识的：五十年代，他曾在巴黎使馆当信使。他俩在一次晚会上相遇，一见钟情。在音乐声中，近卫官对这位法国伯爵的女儿说："我们那里人的感情更强烈、更致命。"这发生在使馆的舞会上。窗上挂着白色的绸缎垂帘；他们站在一扇凸窗前的角落里看着跳舞的人们。巴黎的街道是银白色的，外面在下雪。就在这时，路易的孙子走进大厅，他是法国国王。所有人都鞠躬致意。国王穿着蓝色燕尾服和白色马甲，他慢慢将金制手柄的眼镜举到眼前。在结束了礼貌的深鞠躬之后，他俩直起腰，彼此对视。那时候他们已经明白，自己别无选择，必须一起生活。他们脸色煞白、困惑不安地彼此微笑。乐队在隔壁房间里演奏，法国女孩问："您那里，是哪儿？……"她面带微笑，有些近视。近卫官说出自己国家的名字。他俩所说的第一个亲密词汇，是他祖国的名字。

秋天，他回到家乡。一年之后，这位陌生女人坐进了马车的轿厢，坐在面纱和被褥之间。他们翻山越岭，途经瑞士和蒂罗尔[1]，在维也纳受到皇帝和皇后[2]的接见。皇帝十分和蔼，正像书里描写的那样。他说：“你可要小心！他要带你去的森林，里面还住着狗熊。他就是只狗熊。”她被逗笑了。所有人都笑了。皇帝和匈牙利宫廷近卫官的法国妻子开玩笑，这是天大的恩赐。女人回答：“陛下，回头我用音乐驯服它们，就像俄耳甫斯那样让猛兽俯首帖耳。”他们穿过水果飘香的山林和草地，当他们抵达边境时，山峦和城市都消失了，女人哭了起来。“天哪，”她说，“我的头都晕了。这什么时候才能走到头啊。”她晕眩于荒原野景，晕眩于波荡而沉郁的秋日空气。当时已经收割完了，马车一连几个小时走在没有路的路上，只有鹤飞在苍穹之下，路边的玉米地像遭到过洗劫，像在战争之后，伤残的原野也随着军队的撤退死去了。近卫官抱着胳膊，一声不吭地坐在马车里。有时，近卫官

1 蒂罗尔是奥地利西南的州，首府因斯布鲁克。大部分为阿尔卑斯山地。

2 这里指弗兰茨·约瑟夫一世（1830—1916）皇帝和伊丽莎白皇后，后者即茜茜公主。约瑟夫一世在奥匈帝国时期兼任匈牙利国王。

叫侍从牵过马匹，他骑马走在马车旁，一骑就是几个小时。他看着他们曾经寄宿过的房子，仿佛生平第一次看到。绿色的木卷帘窗，白色的门廊，房子低矮，隐在院落深处，那是当地人的住宅，阴凉的屋内，家具是熟悉的式样，就连橱柜的味道都似曾相识。她眺望风景，心里感到一阵孤独和伤感，这样的风景是自己有生以来头一次看到：桔槔井、沃野、桦树林和大平原上黄昏时刻天际粉红色的云朵。故乡的画卷在他们眼前展开，近卫官的心跳怦怦加快，不只是景色，命运也同时在迎接他们。女人坐在轿厢内沉默不语，不时用手帕擦拭泪水。这个时候，丈夫从马鞍上俯身看到，用不解的目光注视着她的泪眼。但是女人挥一挥手，示意他们继续走。他俩之间是有感情的。

开始那段时间，庄园给她带来过慰藉。它是那么大，森林和群山挡住了平原：房子虽然陌生，但有家的感觉。现在，运货的马车随后就到，每个月都有一辆来自巴黎和维也纳的马车，车上载着家具、麻布、锦缎、版画和一把竖琴，因为她想驯化猛兽。当他们安置停当，开始在庄园里生活时，山里已经下了第一场雪。大雪封住了庄园，就像一支寂静无声、严阵以待的攻城军队。夜里，獐子和麋鹿走出密林，站在雪地上，月光下，朝庄园亮灯的窗户张望，歪着脑袋，睁着优美、专注、折射着蓝光的黑眼睛，聆听从庄园里传出的音乐。“你看到了吗？”女人坐在钢琴前对丈夫说，并且开心地笑了。2月份，寒霜将野狼从雪岭里赶出，仆人和猎手们将用柴薪做成的火把插在庄园周围，在火光魅力的诱引下，狼群缩着身子围着园子转来转去。近卫官攥着猎刀闯进狼群；女人趴在窗户上观望。他们在有些问题上难以相处。

但是，他们彼此相爱。将军走到他母亲的肖像前。这是一位维也纳画家的作品，他曾给皇后画过一幅发辫如瀑的肖像；近卫官曾在维也纳皇宫内皇帝的勤政厅里见过。画上的女伯爵戴着一顶浅粉色草帽，就像夏日里的佛罗伦萨女郎。这幅画镶着金色的画框，悬挂在樱桃木屉柜上方的白墙上。这件家具是母亲的。将军手扶橱柜，仰头望着高悬的肖像。维也纳画家作品上的年轻女士，头偏向一侧，将温柔而郑重的目光投向虚空，好像在问：“为什么？”这就是作品的意义。她的面部轮廓优雅高贵，脖颈和手都很敏感，戴着钩编手套，身穿一件淡绿色上衣，低胸的领口露出白皙的肩膀，乳房相当丰满。他们无声地争斗，用音乐和狩猎、旅行和晚宴。当整座庄园灯火通明，厅堂里亮得像失火了一样，马厩里拴满了客人们的坐骑和马车，四层高台阶上，每层都站满了腰板笔直的家丁，手擎十二枝杈的银制烛台，就像蜡像馆里陈列的蜡人，烛光、音乐、人声和体味在厅堂里交织流溢，仿佛生命该是某种凄凉、绝望的欢宴法则，某种悲惨而神圣的欢宴，对着它的结束号手吹响号角，向出席晚宴的宾客宣布一个不祥的指令。将军至今仍记得这样的晚宴。有的时候，马和马车停在积雪的草坪上，停在火把旁边，因为马厩已经挤满了。有一次皇帝驾临，在这个国家他是国王。他是在白马骑兵的护卫下乘车来的。他在森林里打了两天猎，下榻在另一侧翼楼，睡在铁床上，并和女主人跳了舞。跳舞的时候他与她攀谈，女人的眼里噙满泪花。国王停下舞步，躬身吻了她的手，并把她送回到另一间大厅，那里站着半圈的随从。国王将女主人领到近卫官跟前，再次吻了她的手。

“你们谈了什么？”后来，很多年后，近卫官问妻子。

但是女人不肯说。没有人知道国王跟女主人谈了什么，她是外国人，在跳舞时哭了。周围人谈论了很久很久。

4

庄园封闭得格外严密，就像一间宏大、华丽的石雕墓室，祖祖辈辈人的尸骨在里面腐烂，用从前妇人和男人的灰绸缎或黑呢子缝制的寿衣在里面变成尘灰。死寂也被囚禁其中，如同一个被关在地下室监牢里的异教犯人，蓬发垢须，衣衫褴褛，躺在霉腐的稻草上奄奄一息。记忆也被幽闭其中，那些潜伏在房间污秽角落里的死者记忆，如同老屋潮湿地下室里的霉菌、跳蚤、蝙蝠、老鼠和甲虫。每当人犹豫不决地按下门柄，都会在门柄上感到一只手的颤抖，感到昔日瞬间的一道激情。所有的房子，只要人们在那里全身心地卷入过激情的旋涡，都会充满这样暧昧的内容。

将军望着母亲的肖像。他熟悉这张消瘦面孔的每个线条。那疲倦而忧伤的眼神投向时间深处；过去的女人们就带着这样的眼神迈向绞架，同时蔑视那些自己为之丧生的人和那些杀害她们的人。他母亲的家族在布列塔尼[1]海滨拥有一座城堡。八岁那年的夏天，将军被带到那里。那时已经可以乘火车旅行。车速很慢。在网式行李架上放着用帆布包裹的皮箱，帆布上标记了母亲姓名的首字母，并且绣上了长音。巴黎城内阴雨绵绵。孩子坐在绸缎内衬的轿厢内，透过模糊不清的车窗玻璃望着那座好似一个肥胖鱼肚的城市，在雨中闪着油腻的光亮。他看到湿滑屋顶和高耸的烟囱，灰色、倾斜的烟囱昂立在湿漉漉的天空的污秽幕布之间，仿佛向世界宣布某种迥然不同、不可理解的命运秘密。女人们有说有笑地在雨中行路，用一只手稍稍提起裙角，她们的牙齿像雨水一样明亮。那是一座陌生的城市，人们讲法语，这一切本该是让人心舒意爽的兴奋事，可惜孩子并不懂得这些。他只有八岁，一本正经地挨着母亲坐在轿厢里，对面坐着女佣和家教，他感到自己肩负着重任。所有人都在注意他，注意这个来自远方、来自森林、来自狗熊群中的小野人。孩子说法语时咬音嚼字，谨小慎微，焦虑不安。

1 布列塔尼是法国的一个大区，位于法国西北部的布列塔尼半岛。

他知道现在他是以父亲、庄园、猎狗、森林和远离的家的名义说话。大门打开，马车驶入一座宽大的庭院，身穿燕尾服的年轻侍者站在气派的台阶前。这一切都显得略带敌意。他们被带进室内，那是一个令人不适、感觉到威胁之地。在楼上的大房间里，法国外婆迎接他。老人的眼睛是灰色的，头发用又小又窄的黑发卡高盘在头顶，估计头发原来是棕红色的，现在变成了脏栗色，好像很长时间忘记了洗头。她吻过孩子，用两只肤色苍白、瘦骨嶙峋的手扶着这位家庭新成员的脑袋并使之后仰，然后居高临下地仔细打量。“不管怎样……”她用法语对孩子的母亲说。后者提心吊胆地站在旁边，感觉孩子像在接受考试，好像马上将被发现什么。后来，用人端上菩提叶茶。那味道让人难以忍受，孩子感到恶心。接近午夜，孩子又哭又吐。“快叫妮妮来！”她说，孩子已经哭得喘不上气，脸色煞白地躺在床上。

第二天，孩子高烧，谵语。医生们身穿双排扣的黑色长礼服接踵而至，在白色马甲中间的纽扣上挂着金表链，俨然出席节日盛典；他们在孩子的床前俯下身子，从胡子和衣服里散发出的气味就跟从庄园里的家具、法国外婆的头发和嘴里散发出的一模一样。孩子感觉，要是这股气味再不散掉，他宁愿死掉。高烧一直持续到周末未退，脉搏变得微弱。母亲发出紧急电报叫妮妮快来。乳娘经过四天的颠簸才赶到巴黎。长了一脸大胡子的管家在火车站没能认出她来。妮妮扛着一个包袱步行到府邸。她简直就像小鸟搬家：不懂法语，不识街巷。后来她从来未能回答这个问题：在这个陌生的城市里，她是怎么找到这间藏着病孩子的屋子的？她冲进房间，从床上抱起生命垂危的孩子；这时孩子已经奄奄一息，只有眼睛还在发光。她把孩子抱进怀里，用胳膊紧紧搂着，一声不响地坐下来轻轻摇晃。第三天，神父给孩子做了最后的祈祷。晚上，妮妮从病人的房间里出来，用匈牙利语跟女伯爵说：

"我想，他活了下来。"

妮妮没哭，只是显得精疲力竭，她已经六天没合眼了。回到房间，她从包袱里掏出带来的食物，开始吃饭。六天里，她精心呵护孩子的生命。女伯爵跪在房门口，一边抽泣一边祈祷。所有人都等在那里，法国外婆，所有的仆人；还有一位眉梢斜吊的年轻神父，一天之内，他几乎每个小时都来一次。后来，医生们的身影慢慢消失。妮妮带着孩子去了布列塔尼，法国外婆感到惊诧和生气，她留在了巴黎。当然，谁都没说孩子到底因为什么生病。大家不说，但都知道！将军渴望得到爱，当陌生人俯身看他，闻到他身上那股令人难以忍受的气味时，他想一死了之。在布列塔尼，海风呼啸，潮水在怪石间涨落。红色岩礁耸立在海面上。妮妮平和、微笑地望着大海和天空，好像早就看过一样。城堡是用四方的拙石垒砌的，非常古老；多座碉堡巍然兀立，很久很久以前，女伯爵的祖先从这里眺望叙尔库夫，侦查海盗。孩子很快晒得黝黑，爱说爱笑。现在他已经不再害怕，因为他知道，只要跟妮妮在一起，他们两人都会坚强许多。他们坐在海滩上。妮妮穿着深蓝色衣服，衣摆的褶裥随风飘舞，无论空气还是鲜花，一切都是咸涩的。早上，当潮水退去，毛腿的海蜘蛛、红壳的螃蟹和身挂胶冻的紫色海星被困在海滩上红色岩礁的深处。在城堡的院落里有一株几百年的无花果树，它就像一位东方的哲人，只讲述非常简单的故事。葱茏的树冠下，潜伏着甜腻、芳香的阴凉。中午，大海陶醉地卷起隆隆波涛，孩子和乳娘坐在岸边出神地倾听。

“我要当诗人。”有一次他说，歪着脑袋扬起脸看她。

她望着大海，金色的发绺在热风中飘舞，透过半垂的睫毛窥伺远方。

乳娘把他搂到怀里，让他的头贴紧自己的胸脯。她说：“不，你要当军人。”

“跟爸爸一样吗？”孩子摇了摇头，“爸爸也是诗人，你不知道吗？他脑子里总在想别的事。”

“你说得对。”乳娘回答，叹了口气，“别盯着太阳看，我的小天使。你会头疼的。”

他们经常坐在无花果树下。他们聆听大海：涛声似曾相识，就像家里的树林一样呼啸。孩子和乳娘心里暗想，世界上的一切都共生共存。

5

这样的记忆，人们很晚才回想起来。时间过去了几十年，直到搬进死过人的昏暗房间，才突然听到大海的涛声和昔日的话语。那几句话仿佛阐释了生命的真谛。可惜的是，后来他们总是要讲其他的话题。秋天，他们从布列塔尼回家，近卫官在维也纳等候家人。孩子被送进了一所军事训练学校，得到小宝剑、长裤和高顶皮军帽。星期天，学员们腰佩仪仗剑，身穿深蓝色短裤，被带到格拉本大街散步。看上去就像一群装扮成军人的孩子们在游戏。他们戴着白手套优雅地敬礼。

军校设在维也纳城边的一座山丘上。那是一幢黄色建筑，从二楼窗户可以眺望街道笔直的老城、皇帝的夏宫、美泉宫的房顶和大花园内修剪整齐的树冠之间的林荫道。在拱券式的白色回廊上，在教室里，在食堂里，在寝室里，一切全都有条不紊，好像这里是世界上唯一一个终于将生活中的混乱与怠惰调整得秩序井然的地方。教员都是些老军官，每个人身上都有股硝石味儿。寝室里睡了三十名学员，每间屋里住着三十个同龄的孩子，他们像皇帝一样睡在窄小的铁床上[1]。门楣上方悬挂着十字架和供奉的方舟。夜里，灯盏亮着蓝光。清晨，他们听到军号起床；冬天时，洗漱用的水有时在铁盆里冻成了冰坨。这种时候，勤务兵会用铁壶从厨房里打来热水。他们学习希腊语、弹道学、历史，以及短兵相接时的作战方式。男孩面色苍白，经常咳嗽。秋天，牧师每天下午都领着他们去美泉宫散步。他们沿着放射路慢慢行进。从一个石头上布满青苔和霉菌的喷泉眼里汩汩流出金色的水柱，因为阳光正好投射到那里。孩子们在修剪整齐的树墙之间散步，不时挺身立正，用戴着白手套的手向在园中散步的老军人郑重敬礼；老军人们披挂整齐，仿佛每天都是皇帝的生日。一位戴着帽子的妇人走过，肩上打着一把绣着白色花边的太阳伞；她快步从孩子们的身边走过，牧师深深地鞠了个躬。

---

1 弗兰茨·约瑟夫一世是一位勤政、简朴的皇帝，一辈子都喜欢睡简易的铁床。

“皇后[1]。”他小声告诉孩子们。

妇人面色苍白，黑发浓密，辫子在头上盘了三圈。她离孩子们只有三步远，略微驼背，好像因赶路累了的样子，身后跟着一位黑衣女人。

“皇后。”牧师又说了一遍，怀着深深的虔诚。

孩子们望着那位孤单妇人的背影，她在高大的花园树墙之间疾步行走，仿佛是在逃离什么。

“她很像我奶奶。”他说，因为他突然想起挂在父亲工作室内写字台上方的那张照片。

“这种话不能乱讲。”牧师严肃地回答。

他们从早到晚所学的都是：哪些话不能乱讲。在军校里读书的有四百名孩子，但是寂静得像一个马上就要爆炸的炸弹的内核。军校里什么样的人都有，有的来自捷克庄园，长着草黄的头发和上翘的鼻子，两手苍白无力；有的来自摩拉维亚[2]的大贵族官邸、蒂罗尔城堡和斯塔耶尔猎宫；有的来自格拉本街区百叶窗紧闭的宫殿和匈牙利乡村，许多人的名字非常长，带着许多长短音和家姓、封号与头衔，在军校里，它们如同放进存衣处的

1 指茜茜公主。

2 摩拉维亚是捷克东部的一个地区，摩拉瓦河发源于此。

柔软精致、在维也纳和伦敦缝制的中产阶级服装和荷兰内衣。在这一切里，只留下一个名字和一个属于这个名字的孩子，正在学习什么能做什么不能做。还有额头窄长的斯拉夫男孩，在他们的血液里混杂了帝国各族人种的特征，蓝眼睛、格外柔弱的十岁贵族，有着虚无的目光，仿佛他们的祖先替他们看到了一切；一位来自蒂罗尔的王子在十二岁那年开枪自杀，原因是他爱上了一个表妹。

康拉德睡在他旁边的床上。他们相识的时候全都十几岁。

康拉德身材矮壮，但还是挺瘦，就像某种非常古老的人种的后裔，在他们的体内，骨骼统治着肌肉。他反应较慢，但一点不懒，只是有意识地控制住节奏。他的父亲是被册封了男爵的加利西亚[1]官员，他的母亲是波兰人。他笑的时候嘴咧得很大，孩子气十足，斯拉夫人的特征。他很少笑。平时少言寡语，周密细心。

从一同寄宿的第一刻起，他俩就像母亲子宫里的一对单卵双胞胎。这个并不需要像过去年轻人习惯的那样，当

1 加利西亚，原为奥匈帝国领土，第一次世界大战后为波兰南部的一个省，第二次世界大战后部分划归前苏联。

第一次想从世界手中夺过并且占有另一个人的身体与心灵且仅归自己所有时，出于以自发而扭曲的形式而萌生的人与人之间的欲望，或以深思熟虑的激情，在滑稽而郑重的仪式上“结拜兄弟”。这就是爱情和友谊的全部意义。他们之间的友谊是那么严肃而沉默。就像所有触及生命本质的伟大情感那样，它也包括了羞惭和负罪感。一个人不可能毫无负罪感地将另一个人从他人的手中夺过来。

但是他们从一开始就很清楚，这次相识将持续他们整个一生。匈牙利男孩瘦长羸弱，那段时间，他每周都接受医生检查：医生们担心他有肺病。校长是一位来自摩拉维亚的上校，他约近卫队队长到维也纳会面，跟医生们谈了很长时间。医生们啰啰唆唆地解释了许多，他只听懂了一个词：“危险”。他们说，男孩其实并没有病，只是有患病倾向。他们普遍认为，这很危险。近卫官在一家名为“觐见匈牙利国王”的旅馆下榻，孩子的爷爷也曾在那里投宿。旅馆开在一条光线昏暗的小巷里，笼罩在圣斯蒂芬大教堂的阴影里。它的过道里悬挂着麋鹿角。服务生对近卫官毕恭毕敬：“吻您的手。”[1]他住了两间

1 匈牙利人打招呼的一种方式，通常用于男性对女性、年幼者对年长者或平民对贵族。

客房，在光线昏暗的拱顶式房间里，挤满了用黄绸包面的家具。那些日子里，他把孩子带在自己身边，一起住在旅馆里。旅馆每间客房的门楣上可以看到常客和贵客们的名字。对这位孤独的奥匈帝国大贵族来说，这座建筑好似一座闻名遐迩的修道院。上午他们乘坐马车去普拉特[1]。11 月初，天气已经转凉。晚上他们去剧院，剧中的角色们在舞台上慷慨陈词，大声喘息，并且倒在剑锋之下。之后，他们在一家饭店用餐，在一个有许多侍者服务的单间里。男孩少言寡语，以某种老派的礼仪和父亲同住，仿佛忍受着什么，原谅着什么。

“他们说，很危险。”晚饭后，父亲自言自语道，点燃一支又粗又黑的雪茄，“如果你想回家，你可以回。但是，我更希望你能够不怕任何的危险。”

“我不怕，爸爸。”男孩说，“但是，让康拉德跟我们在一起。他家不富裕，我希望夏天他能来我们家。”

“他是你的朋友？”父亲问。

“对。”

“那他也是我的朋友。”父亲郑重地说。

1　维也纳市内的一座公园。

男孩穿着燕尾服和带褶裥的衬衫，最后那些天，他已经不再穿制服了。父亲的话让他如释重负，变得柔和平静。父亲的话是可以相信的。在维也纳，不管父子俩走到哪儿，人们都能认出他们，在手套店、衬衫店或裁缝铺，在盛装的侍者驾驭餐桌的饭店里，即使在街上，也时有结伴而行的女士或男士热情地向他们打招呼。

“您去见皇帝吗？”有一天在父亲出门之前，孩子问。

“是国王。”父亲用严肃的语调纠正道。

之后，他又说：

“我不会再见他。”

男孩明白，在他们之间发生了什么。就在动身之日，他把康拉德介绍给父亲。之前的那夜，他睡觉的时候心在怦怦狂跳：感觉就像订婚一样。“在他面前不能提国王。”他叮嘱朋友。父亲非常慈善、热情、绅士气十足。一次握手，他就将康拉德当作了自己家人。

从那天开始，孩子很少咳嗽了。他不再孤独。他不能忍受在人群中的孤独存在。

在他的血脉里所负载的教养，那些来自家乡、来自森林、来自巴黎、来自母亲性情的教养要求他，不能谈论心痛之事，而是默默地承受它。最明智的选择是彻底闭口不谈，这就是他接受的家教。但是，没有爱他无法生存，这也是他继承到的。可能是法国女人将这一欲望带进了这个家族，要向人们展示自己的感情。在父亲的家族里，从来不谈论这类话题。他需要一个可以爱的人：妮妮或康拉德，这样他就不会再发烧，不会再咳嗽，苍白羸弱的体内就会充满粉红色的激情和自信。那个年龄段的男孩，还没有明确的性别意识：好像性别还没有确定一样。他憎恨自己柔软的金发，因为感觉自己像一个女孩，所以他每两个星期就让理发师用剃头剪给他推一次头。康拉德看上去更阳刚、更沉静。现在他们迎来了自己的孩提时代，不再惧怕那个年龄，因为他们不再孤独。

在那一年的夏末，当男孩们坐上马车回维也纳时，法国外婆站在城堡的大门口目送他们远行。随后，外婆微笑着对妮妮说：

“总算有了个好婚姻。”

但是妮妮并没有笑。每年夏天，两个男孩都结伴回家，后来连圣诞节也一起在庄园里度过。他俩的一切都是共有的，衣服，内衣，在庄园里共同享用一间卧室，一起阅读同一本书，他俩一起发现维也纳和森林的秘密，一起看书，一起打猎，一起骑马，一起培养军人的品德，一起体验社交生活和爱情。妮妮为此感到担心，也许其中掺杂着一些忌妒。这份友谊已经进入了第四个年头，他俩开始回避世界，开始有了自己的秘密。男孩的关系越陷越深，变得越来越复杂。将军总是夸奖康拉德，想把他介绍给所有的人，就像介绍一件作品，一件杰作，同时又担心有人会从自己的手里夺走所爱。

“不能再这样下去了，”妮妮对女主人说，“那孩子迟早有一天会离开他。那时候他会非常痛苦。”

“这是人类应该面对的挑战，”女主人应道，她正坐在镜子前，端详着自己日渐衰败的美丽，“人们总有一天要失去他们自己的所爱。不能忍受这点的人，不值得可怜，因为他不是完整的人。”

学校里对他俩友谊的嘲讽并没有持续太久；大家很快就习惯了，感觉像是个自然现象。甚至人们在提到他俩时，已经像提到一对夫妻那样将两人的名字合二为一，称为“亨利克两口子”，但是大家并不再嘲讽这种关系。在他俩的关系里，有着某种柔情、严肃、无条件和悲剧性，这种友谊的光芒让嘲讽者缴械。在任何人群里，都会有人忌妒这样的关系。人们最大的渴望，莫过于无私的友谊。人们绝望地渴望得到它。在学校里，男孩们不是逃避于出身的傲慢或学业之中，就是沉溺于过早的放荡、身体的蛮勇与早熟、迷茫或痛苦的爱情。康拉德和亨利克的友谊在人类的混沌中泛出薄明，有如在中世纪圣礼仪式上闪烁的微光。在年轻人中间，没有什么能比友谊更加弥足珍贵，这种友谊，既不期待对方进行帮助，也不要求对方做出牺牲。年轻人通常希望能为自己寄予厚望之人做出牺牲。两个男孩感觉自己生活在一个不可名状、美妙神奇、宽厚仁慈的境界里。

没有什么能比这种关系更柔情。后来他们在生活中所遭遇的一切，无论是温柔或粗暴的欲望，还是强烈的情感或激情的绑缚，一切都更野蛮残酷。康拉德跟所有真正的男人一样拘谨羞涩，哪怕当时他只有十岁。男孩们进入青春期后，开始顽皮嬉闹，带着伤感的情绪探究成年人生活的秘密。康拉德让亨利克发誓，他们要纯洁地活着。然而，若真想恪守这个誓言，并不是一件容易的事。他们每隔一周做一次忏悔，一起写悔罪日记。欲望在他们的血液里和神经里悄然滋生，每逢季节更迭，男孩们就会脸色苍白，头晕目眩，但他们依旧纯洁地活着，友谊就像一顶具有魔法的斗篷罩住了他们年轻的生活，像是做出补偿，让其他人备受折磨，将所有好奇和不安驱逐到暗淡无光的幽冥世界。

他们生活在一种有着数百年实践经验的军校制度里。每天早晨，他俩缠着绷带，戴着头盔，光着脊梁，在学校的体操房里练一小时击剑。然后练习马术。亨利克是一个骑马好手，康拉德则需要手忙脚乱地拼命挣扎，才能在马鞍上保持住平衡不跌下来，在他身上缺少先天继承的娴熟技艺。亨利克学习非常轻松，康拉德学习则很吃力，但是只要他学过的东西，就会不遗余力地吝啬珍藏，仿佛他知道那是自己在世界上的全部财富。亨利克在集体中如鱼得水、随心所欲、不拘小节，似乎在这个世界上没有什么事情能让他吃惊；康拉德则显得刻板、固执。有一年夏天，他俩一起到加利西亚旅游，去探望康拉德的父母。当时他们已经是青年军官。男爵是一位年迈、秃顶、谦卑的人，在加利西亚服役的四十年，已经磨掉了他心性中的棱角；一位波兰女贵族怀着从来未能实现的社交愿望，以惶惑不安的殷勤急匆匆地跑出来迎接两位年轻绅士。城中闷热难耐，到处可见古老的钟楼、四方的广场和广场中央的喷泉池，以及光线昏暗的拱券式老屋。城里的居民中有乌克兰人、德国人、犹太人和俄罗斯人，他们全都生活在当权者制造的令人窒息、麻木的喧嚣中，仿佛在这座城中，在光线昏暗、密不通风的家宅里，时刻不断地在酝酿着革命或某种无聊无稽的不满，或许连不满都算不上；一种小客栈般窒闷的欣狂和祈盼的情绪，渗透到城中的房子、广场和生活之中。只有主教座堂[1]在颤抖、尖利、嘁喳、嘈杂的背景下显得从容镇定，坚固的钟楼，高大的拱券，仿佛有什么人曾在城里宣布过一项法律，一项绝对权威、不容变更的法律。男孩们住在旅店里，因为男爵家很小，只有三个小房间。第一天晚上，他们共进了一顿丰盛的晚餐，油腻的肉食，香醇的葡萄酒——年迈的官员（康拉德的父亲）和憔悴、忧郁、姹紫嫣红的脂粉涂得有如鹦鹉一般的波兰妇人（他的母亲）怀着一种令人感动并伤感的兴奋在清贫的公寓里摆了一桌如此丰盛的宴席，似乎极少回家的儿子幸福与否，就取决于菜肴的质量——睡觉之前，两位青年军官在加利西亚旅店一个棕榈树下光影朦胧的角落里坐了很久。他们喝着浓醇的匈牙利葡萄酒，抽着

---

1 主教座堂，指设有主教座位的天主教堂，为教区主教的正式驻地，是教区的中心。

烟，沉默不语。

“现在你见到他们了。”康拉德说。

“是啊。”近卫官的儿子歉疚地回答。

“那么，”康拉德用平静而严肃的口吻说，“你现在能够想象得出，我在这里的二十二年是怎么活过来的。”

“我知道。”将军应道，他感到喉咙发紧，像是被人扼住。

“我们一起去城堡剧院看戏时要戴的所有手套，”康拉德说，“都是从这里寄去的。如果我需要一副新的马具，他们就得三个月不吃肉。如果我在一顿晚餐上给侍者小费，我父亲就得一星期不抽雪茄。这二十二年就是这样过的。我总是要什么就有什么。在很远的地方，在与俄罗斯接壤的波兰边境，有过一座农庄。我从来没有去过那里。那曾是我母亲的。我的所有开销都从那里寄来：制服，学费，买戏票的钱，当你母亲途经维也纳时我送给她的糖果，考试费，我不得不跟巴伐利亚人较量时所需的决斗费用。二十二年，所有的一切。他们先是卖掉家具，然后卖掉院子、土地和房子。之后付出的是他们的健康、享受、安宁、老年和我母亲的社交愿望，他们不再奢望能在这座该死的小城里多拥有一个房间，不再奢望房间里能有一件像样的家具，他们极少能在家中宴客。你明不明白？”

“对不起。”将军说，他感到激动，脸色苍白。

“我并没有怪你。”朋友非常认真地说，“我只是想让你知道，让你亲眼看到。当那个巴伐利亚小子拔出佩剑朝我走来，并发疯似的向我乱刺乱砍时，我们看上去是那么快活，像是开一个很棒的玩笑，似乎出于虚荣要将彼此剁成肉酱，实际上我眼前浮现出母亲的面孔，看到她每天清晨去集市上采购的身影，她这样做是为了不让女厨师骗两个菲列，这样到年底可以在信封里给我寄五个福林[1]……那个时候，我简直想杀了他，杀掉那个出于虚荣想要伤害我的巴伐利亚混蛋。他并不知道，他在我身上留下的每道划痕，都是对两个人犯下死罪，那两个人为了我，在加利西亚默默牺牲掉自己的生活。当我在你家里付给仆人小费时，我是在从他们的性命中支出什么。他们的生活非常艰难。”康拉德的脸已经涨红了。

“你为什么这么想？”将军平静地问，“你不觉得这

1 福林和菲列均为匈牙利货币。

对他们来说是一种欣慰？”

“对他们来说，也许是这样。”男孩沉默了。他以前从来没有谈过这个话题。现在他说了出来，声音哽塞，不敢直视朋友的眼睛。“当时对我来说，这样活着非常难。好像我并不属于我自己。如果我病了，我会惊慌失措，好像要丧失某种陌生的财产，要丢掉某种不完全属于自己的东西，失掉健康。我是个军人，他们把我培养成军人，是为了让我能够杀人或被杀。我为此而宣誓。但是，假如我被杀掉，他们忍受这一切苦难的意义何在？你懂了吗？……我在这座城市里生活了二十二年，这里到处都是窒闷的气味，就像一间腌臜的破屋，里面住着流浪的吉卜赛人……饭菜的味道，廉价的香水，从不晾晒的床铺。他们默默无闻地住在这儿。我父亲已经有二十二年没去维也纳了，而那里是他生长的故乡。二十二年里，他从不旅游，从不买一件多余的衣裳，从不外出避暑，因为他们想把我打造成一件杰作，将我塑造成他们在自己的生活中未能成为的那种人。有时我想做些什么，但是我的手却停在空中。我总是想到这份责任。我甚至希望他们死去。”他说这话时的嗓音非常微弱。

“我懂。”将军回答。

他们在城里住了四天。离开的时候，他们有生以来第一次感到，在他俩之间发生了什么，好像彼此都欠了对方什么。这个不可能用言语道清。

6

但是康拉德有一处避难所，那里连朋友也无法进入：音乐；仿佛那是一个隐秘得无人可及的藏身地。亨利克的耳朵毫无乐感，分辨不清吉卜赛音乐和维也纳圆舞曲。

在军校里，教员和学员们并不谈论音乐，而只是抱着忍耐和宽容的态度，似乎音乐不过是青春期心血来潮的一种怪癖。每个人都有各自的软肋。有的人不惜一切代价地养一条狗，有的人则酷爱骑马。这类癖好总比打牌要好，大伙儿这样认为；总不会比女人更危险，大伙儿这样认为。

但是将军有时感到怀疑，在他看来，音乐并非一种毫无危险的癖好。在军校里，人们自然不能忍受反叛的意志，不能忍受音乐的暴动，即使对跟训练有关的军乐的认知，也只限于宽泛、肤浅的意义层面。他们关于音乐的知识仅是：要吹铜号，鼓乐队长走在队列前面，不时高高举起银色的指挥棒。乐队后面有一匹小马驹拉着军鼓。这种音乐铿锵震耳，有板有眼，演奏者排着整齐的队列，迈着规范的步伐，吸引市民们上街围观，各种大游行都少不了它。人们听到乐声，步伐就会坚定有力，这就是他们知道的一切。音乐有时轻快滑稽，有时豪迈奔放，有时庄重严肃。否则没有人会搭理它。

但是康拉德只要一听到音乐就会脸色煞白。不管什么音乐，哪怕是最普通的音乐，都会像短兵相接或身体攻击一样地触动他。他会面无血色，嘴唇颤抖，似乎音乐对他说了什么别人不可能理解的话。旋律在他身上所唤醒的，很可能并不是理智。纪律；他们生活在纪律中，成长在纪律中，他们的目标是要在世界上获得身份地位，他们自觉自愿地服从纪律，就像信徒服从惩罚与救赎。在这样的时刻，人们会感到心情放松，仿佛紧张、刻板的心态在体内获得了宣泄，就像在阅兵式上，在漫长而疲惫的检阅之后突然听到“休息！”的命令。但是他一听到音乐，嘴唇就开始发抖，好像想要说什么。这种时候，他忘了自己身在何处，眼含微笑，遥望虚空，对周围的景物视而不见，看不见上司和同伴，甚至看不见漂亮的女郎和剧院里的观众。他用整个身体聆听音乐，那种渴望，就像一名囚犯在监狱中仔细捕捉远处的、可能为他捎来逃亡讯息的脚步和响动。这种时候，他听不见别人跟他讲话。音乐摧毁了他周遭的世界，刹那间，人为制定的法规改变了，就这样，康拉德也在刹那间不再是军人。在一个夏日的晚上，当康拉德在庄园里跟将军的母亲演奏四手联弹曲目时，有什么事情发生了。晚饭之后，他们坐在大厅里，近卫官和儿子出于礼貌聆听音乐。他们坐在大厅里的一个角落，带着彬彬有礼的悠闲和耐心，好像当时有人对他们说：生活就是义务，必须忍受音乐。你们不应该违背女士的意愿。母亲激情地演奏，他们在弹肖邦的《波罗乃兹幻想曲》。房间里的一切似乎都在发生变化。父子俩坐在大厅的角落，坐在扶手椅里，在彬彬有礼和耐心等待中也感觉到了，此时此刻，在那两个人的体内，在母亲和康拉德的体内正发生着什么。仿佛音乐在暴动，将屋里的家具高高举起；仿佛窗户后有一股力量在掀动厚重的绸缎垂帘；仿佛埋葬在人们心底的一切，不管是溃烂的还是腐臭的，都开始重生；仿佛在所有人的心底都潜伏着一种致命的韵律，它在生命的某一瞬间以灾难性的力量开始轰然奏响。两位礼貌的听众意识到，音乐非常危险。但是坐在钢琴前的那两个人，母亲和康拉德，根本不在乎有任何危险。《波罗乃兹幻想曲》只不过是个借口，实际是为了在世界上释放能量，这种能量能够改变和炸毁人类等级地位所精心掩藏的一切。他们身体僵硬地坐在钢琴前，上身笔直，紧绷，并稍微后仰，仿佛音乐让看不见的、传说中的神骏舞动一对火焰的翅膀，在世界上空的暴风雨中，在洪流之中，只有他俩用僵硬的身体和有力的双手拽着狂野不羁的缰绳。之后，随着一个短暂有力的铿锵乐音，音乐戛然而止。夕阳将一束光投在翼楼的窗上，金色的浮尘在光柱中炫舞，仿佛疾驰到远方的音乐神骏在身后留下一条扬尘的天路，通向虚无与毁灭。

“肖邦，”法国女人说，她的呼吸变得困难，“他的父亲是法国人。”

“他的母亲是波兰人。”康拉德说，并侧身将头探出窗外，“是我妈妈的亲戚。”他漫不经心的，好像为有这种关系而感到耻辱。

所有人都在注意他，因为从他的嗓音里，听到了有如流亡者谈及思乡和故乡时在语调中流露出的那种悲楚。近卫官的身体稍稍前倾，聚精会神地盯着儿子的朋友，像是头一次见到他。夜里，当他跟儿子单独待在吸烟室时，他跟儿子说：

“康拉德永远不会成为真正的军人。”

“为什么？”男孩吃惊地问。

但他明白，父亲说得没错。近卫官耸了耸肩膀。他抽着雪茄，伸长两腿坐在壁炉前，盯着雪茄的烟雾。他用过来人才有的那种平静而优越的语调说：

“因为他是一个另类。”

当将军理解了这句话时，父亲已经不在了，已经去世了许多年。

7

人们迟早都会知道事实，知道那些被角色、装束、生活状况所掩盖的另一种事实。两个男孩一起上学，一起宣誓，在维也纳的那些年一起居住，因为近卫官有办法安排儿子和康拉德一起在宫廷附近服前几年的军役。他们在美泉宫花园隔壁一幢灰顶窄楼的二层楼里租下一套住房。公寓的窗户面向闷热、狭长、长满梅子树的花园。这里共有三个房间，他们和一位耳聋的寡妇住在一起，她丈夫生前是一位上校军医。康拉德租来一架钢琴，但是平时很少弹；他好像惧怕音乐似的。他们像对亲兄弟一样住在这儿，有的时候，近卫官的儿子不安地察觉，朋友心里有什么秘密。

康拉德是“另一类人”，不可能用询问的方式获知他的秘密。他总是态度温和，从不争辩。他这样生活，这样服役，这样与同伴相处，这样应对世界和人群，仿佛他的服役期永远不会结束，仿佛这辈子就是一段军纪严明的服役期，不分白天，不论黑夜。他俩都是青年军官，近卫官的儿子有时不安地觉得，康拉德活得就像一名僧侣，似乎并非活在这个世界上。他似乎从执勤任务结束的那一刻开始，又投入另一项更加复杂艰巨、更加责任重大的任务，就像对一位年轻僧侣而言，供奉神职不仅是指祈祷和祭拜，还指身心的共生，而且还是在做梦的时间。在他惧怕音乐的背后，肯定有什么秘密，那不仅涉及他的思想，还跟他的身体有关：仿佛音乐的终极本质是一道将要使他脱轨、让他崩溃的致命指令。清晨，他俩一起在普拉特或马术学校骑马，之后康拉德去执勤，站岗后回到希辛格区[1]的公寓，有时一连几个星期都是这样，晚上待在房里足不出户。老屋里还用煤油灯和蜡烛照明；近卫官的儿子几乎每天都在午夜后回家，不是参加舞会，就是朋友聚饮。在回家的路上，近卫官的儿子坐在出租马车里，从街上就能远远看到朋友房间的窗户上，怯懦而责怨地闪映着热烈、温柔的微光。在窗上的

1 希辛格是与美泉宫毗邻的维也纳市郊。

光影里，隐伏着某种责难。近卫官的儿子向车夫付完钱后，站在寂静的街巷里，站在破旧的大门前，摘下手套，从口袋里掏出钥匙，感觉这一夜又背叛了朋友。他来自饭馆、舞厅，来自市中心的娱乐场所，来自缭绕着轻柔音乐的花花世界：但那里的音乐跟朋友爱听或爱弹的音乐截然不同，是为了让生活更舒适、更快乐，让女人的眼睛妩媚发光，让男人的虚荣闪出火花。在城里，在近卫官的儿子度过那几年夜生活的地方，音乐是为了这些而演奏的。但是康拉德喜爱的音乐，并不是为了让人忘却烦恼，而是触发人的内心激情与负罪感，是想让人的生活在自己内心、在意识层面变得更加真实。这种音乐非常可怕，他这样想着，挑衅似的轻轻吹起一首圆舞曲。在那些年的维也纳，无论是在哪个角落，人们都爱吹一位大红大紫的作曲家小施特劳斯谱写的圆舞曲。他掏出钥匙，拧动门锁，推开那扇沉重、缓慢、历经了百年风雨的楼门。拱廊式的楼道幽暗潮湿，他穿过煤油灯照明的宽敞回廊，忽然驻足片刻，望了一眼月光下白雪覆盖的院落，每样东西都轮廓清晰，仿佛有人用粉笔标画出位置。所有的一切都在宁和之中。维也纳已经坠入梦乡，睡得很死，飘着雪花。皇帝也已在城堡中入睡，五千万人在皇帝的社稷中酣睡。近卫官的儿子与这片宁静有关，他也守护着皇帝和五千万臣民的梦乡与安全，即使他只穿着军服什么也不做，即使他参加晚上的聚会，欣赏圆舞曲，品法国红酒，跟女士和先生们讲他们最想听的话，他也是在守护。近卫官的儿子觉得，他服从于明文或没有明文下达的强大指令，不管是在军营、训练场还是在沙龙，服从也是在执行任务。对五千万臣民来说，他们由此获得安全感：皇帝在子夜前入睡，黎明五点起床，坐在烛光下，坐在美国制造的扶手藤椅里，坐在写字台后；其他的人向他宣誓效忠，服从规定、惯例和法律。当然，服从的程度必须超过法律所规定的程度。人们要在心里随时随地地服从，这一点至关重要。人们需要相信，一切平安无事。那一年，近卫官的儿子和他的朋友都是二十二岁。

他俩住在维也纳，都是青年军官。近卫官的儿子用口哨吹着一首圆舞曲，步履轻盈地走上潮湿的台阶。在这栋房子里，房间，楼道，所有的一切都有一点潮湿的霉味，但是也有一点香气，在房间中弥散着某种类似水果罐头的甜腻香味。就在那年冬天，化装舞会风靡了维也纳，如同一场轻快、欢乐的瘟疫。他们每天晚上翩翩起舞，在煤油灯摇曳的光影下，在描金镀银的厅堂里。瑞雪连绵，马车在大雪中悄无声息地载送情侣。维也纳在雪中舞蹈，近卫官的儿子每天都去旧马场观看西班牙骑兵和利比扎[1]白骏马的训练。在战马与骑兵的体内，有一种风度和高贵，像在古代灵魂和贵族身体的自我意识中所拥有的某种带有负罪感的友善与节奏感。去旧马场之前，他先到城里散步，毕竟他是个年轻人。无论他站在城里的商店门口，还是站在舞池外，年长的马车夫和跑堂都会认出他，因为他长得太像父亲了。维也纳，帝国，曾是一个大家族，匈牙利人，日耳曼人，莫尔瓦人，捷克人，拉茨人，克罗地亚人和意大利人，在这个大家庭内部，每个人都隐秘地感觉到，在冒险的欲望、爱好与激情之间，只有皇帝能够维持秩序，他同时集超期服役的军士和陛下、身穿绸缎制服的公务员和大贵族、莽撞汉和统治者于一身。在市中心充满潮湿霉味的拱券结构的啤酒馆里，可以喝到世界上最好的啤酒。当正午的钟声敲响时，土豆牛肉汤的香味充满整座城池，在街巷和人们的心灵里涌流着一股亲密和温柔，仿佛生活的平

1 利比扎位于斯洛文尼亚境内，当地特产一种驰名欧洲的白骏马。

静是永恒的。女人戴着黑色的毛皮手套和饰有翎毛的帽子，她们的鼻子和眼睛在雪中闪亮，脸上罩着面纱。下午四点，在咖啡馆里点燃煤火，端上浮着泡沫的咖啡，将军和官员们坐在自己常坐的桌前，女人娇红的面孔隐在出租马车的轿厢内，匆匆赶向烧木柴取暖的小伙子家，因为她刚刚参加完假面舞会。爱情在城市里燃烧，蔓延，犹如一张巨大的、覆盖了社会各个阶层的、策划阴谋的间谍网在燃烧，烧得连幽魂都不得安宁。在剧院开演前的一个小时里，艾斯特哈兹公爵在城中官邸的酒窖里秘密聚饮，请来爱喝烈酒的酒友们；在萨赫酒店的单间里，已为公爵们摆好了丰盛的酒筵；在圣斯蒂芬教堂隔壁新开张的修道院酒窖烟雾缭绕、空气窒闷的厅堂里，波兰绅士们兴奋而忧伤地喝着酒精度很高的帕林卡[1]，因为当时在波兰的生活不幸福。然而在那年冬季的维也纳，有那么几个小时，似乎所有人都能感到片刻的幸福。近卫官的儿子这样想着，微笑着，轻声吹着欢快的口哨。一进前厅，他就感到壁炉扑面的热浪，如同在跟一位亲戚握手。在这座城市，一切都是那么宽敞，所有的一切和

1　帕林卡是匈牙利特产的水果白酒，相当于白兰地。

所有的人，都是那么无可挑剔：大公们也有点像莽撞汉子；守门人也是秘密的享乐者，是一个庞杂而人道的等级制度中的有身份者。男仆从壁炉旁跳了起来，从主人手里接过大衣、高筒军帽和手套，并腾出一只手从白色陶瓦壁炉的座台上取下一瓶法国葡萄酒，主人每天晚上睡觉前都会啜饮一杯，仿佛想用醇香的勃艮第那深奥、智慧的话语告别白天和夜晚轻松的记忆。现在也跟往日一样，男仆用银制托盘端着葡萄酒瓶跟随主人走进康拉德的房间。

有的时候，他俩在光线昏暗的房间里聊到天亮，直到壁炉变凉，近卫官的儿子喝完勃艮第酒瓶里的最后一口酒。康拉德谈论书籍，近卫官的儿子谈论生活。康拉德没钱享受生活，从军对他来说是一项职业，一项穿制服、戴军衔并要承担各种各样繁复后果的职业。近卫官的儿子察觉到，他们的友谊和结盟要比所有致命的人际关系都更加复杂，更加脆弱，必须把它从金钱、忌妒、幼稚的阴影里拯救出来。这谈何容易！他们用兄弟一样的口吻谈论这一话题。近卫官的儿子小声央求，要康拉德与他分享那些他多得根本不知该如何处置的财产。康拉德解释说，他一个铜板也不能接受。两个人都很清楚，近卫官的儿子不可以给康拉德钱，他必须忍受自己独自花天酒地，享受与自己的身份、名声相称的生活方式；而康拉德在家里，在位于希辛格区的住所里，一个星期至少五个晚上都吃炸肉排，亲自清点从洗衣店送回来的干净内衣。但这些并不是最要命的。更可怕的是，除了金钱之外，还要从其他事的手中挽救友谊。康拉德衰老得很快，只有二十五岁，看书就要戴上深度眼镜。当朋友半夜三更从维也纳回来，从花花世界回来时，身上带着烟草和科隆香水的味道，头发湿漉，洋溢着一股年少的轻狂。他俩像同谋犯一样轻声交谈，一聊就能聊很久很久。康拉德俨如一位魔法师，当弟子们周游世界搜集关于人类生命的秘密讯息时，他坐在家中思考人类与万象的意义，康拉德最喜欢读有关人类共同生存的历史和社会发展的英文著作。近卫官的儿子只喜欢读跟马术、旅游有关的读物。他们之所以彼此喜欢，是因为他们都宽恕了对方身上带着的原罪：康拉德宽恕了朋友的财富，近卫官的儿子宽恕了康拉德的贫穷。父亲在康拉德和女伯爵一起演奏《波罗乃兹幻想曲》时所说的那种“另类”，赋予了康拉德一种凌驾于朋友灵魂之上的力量。

这种力量意味着什么？在所有人类的力量中，都存在着某种对在我们统治之下的人们的不尽温雅、不太惹人注意的轻蔑。只有当我们熟悉、理解，并十分委婉地蔑视那些不得不屈服的人时，我们才能彻底地统治他们的灵魂。在希辛格区公寓里所进行的那些深夜长谈，有时候高声辩论，互不相让，就像导师与弟子之间的谈话。跟所有迫于自身的意愿与环境而不合时宜地固执己见之人一样，康拉德也会用轻松嘲讽、略带蔑视、同时又无可奈何的激烈语调谈论世界，好像在那边，在彼岸所能感受到的一切，只有儿童和比儿童还幼稚无知的生灵才会感兴趣。但是从他的声调里，还是可以感觉到思家之情：年轻人总是想家，永远渴望一个暧昧、冷漠、可怕的被称为“世界”的家。当康拉德用非常友好、傲慢、玩笑、漫不经心的口吻挖苦近卫官儿子对世界的体验时，嗓音里也能让人察觉到某种因充满欲望而焦渴的吞咽声。

就这样，他们生活在明亮刺目的青春反光里，生活在一个虽然是职业、同时也赋予生活以沉重压力和内心镇定的角色里。女人的手也敲响了希辛格区公寓的房门，轻柔、快乐、情意绵绵。有一天，舞女维罗妮卡也叩响了房门——想起这个名字，将军下意识地揉了揉眼睛，好像一个人从梦中醒来，不无玩味地陷入回忆。对，是维罗妮卡。随后他又想起安吉拉，一位军医的年轻寡妇，她对赛马的热情超乎一切。不，还是维罗妮卡，一位舞女。她住在一条名为“三块马蹄铁”的小巷里，在一幢破旧老楼的阁楼上，那是一个从来不可能良好供暖的训练厅。但她只能住在那里，住在训练厅里，她在那里有足够的空间练习舞步和旋转。空旷的大厅里装饰着蒙了尘的蜡菊花束和前一位房客留下的动物画，那是一位施蒂利亚[1]画家留给房东的，用来抵偿自己所欠的租金。他喜欢画绵羊：忧伤的绵羊站在大厅的各个角落，用好奇、潮湿、空洞的动物眼睛盯着来客。舞女维罗妮卡就住在这里，住在落满灰尘的窗帘、隔帘和旧家具中间。从楼道里飘来浓重的熏香，是蒸烤玫瑰油和法国香水的香气。在一个夏日的夜晚，他们三个人一起去吃晚饭。他现在记得，清楚地记得，清楚得如同用放大镜审视一幅图画一样。他们在维也纳郊区森林里的一家饭馆用晚餐。他们是乘马车去的，穿过潮湿闷热、充满草叶味道的森林。舞女戴着一顶宽檐的佛罗伦萨草帽和长到臂肘的白色蕾丝手套，身穿粉色、细腰的绸缎衣裳和黑色绸面的低帮

1 施蒂利亚是奥地利南方的一个州。

鞋。品位糟糕，却也极致。在茂密的树林里，她小心谨慎地走在马车道上，仿佛在地上每迈出一步，都该有明确的生活目标，比方说，朝着一家饭馆走，是对她那双香足的不尊重。就像斯特拉迪瓦里[1]小提琴不适合胡拉乱奏饮酒歌一样，她小心翼翼地爱护自己的脚，如同爱护一件艺术杰作，仿佛那双脚的唯一用途和存在意义只是用来跳舞，用来破除大地的沉重法规，用来解除肉身可悲的束缚。他们是在一个爬满野葡萄藤的农家小院就着燃在玻璃盅内的烛光吃的晚餐。他们喝了爽口的葡萄酒，女郎的笑声始终未断。在回去的路上，在月夜之下，在一座小山丘顶，他们从马车的轿厢里朝那座正在皎洁的月光中悄然隐遁的城市深情脉脉地望了一眼，维罗妮卡情不自禁地搂住他俩。那是一个欢乐、陶醉、真实的瞬间。他们默默无语地送一位舞女回家，在一幢破败的老城公寓楼门洞里与她吻手告别。维罗妮卡。安吉拉和骏马。还有所有的一切，她们戴在头上的鲜花，在悠长心醉的圆舞中一起翩跹的彩条、绿叶和花瓣，以及她们丢下的一只手套。这些女人为他们的生活带来了初恋的狂

1 安东尼奥·斯特拉迪瓦里（1644—1737），意大利克雷莫纳人，历史上最伟大的弦乐器制造师之一。

喜和意味着爱情的所有东西：欲望、忌妒和相似的孤独。但是在女人、角色和世界的背后，还弥漫着一种比什么都强烈的情感。这种情感只有男人们才知道。它被称作“友谊”。

8

将军换好衣服。他一个人换衣服；从衣柜里找出漂亮的礼服，看了好久。他已经有十几年没有再穿制服了。他拉开一个抽屉，找出奖章，盯着那些珍藏在用红、绿、白色绸缎作内衬的盒子里的奖章出神。当他在手里拿着并触摸那些铜制、银制和金制的奖牌时，眼前浮现出一座桥头堡，在第聂伯河[1]畔，一次在维也纳举行的阅兵式，一次在佩斯城堡里的接见。他耸了下肩。生活给了他什么？义务与虚荣。他心不在焉地将一大堆奖章重新放回到抽屉里，就像在一场角逐激烈的牌局之后，收起花里胡哨的游戏币。

他穿上一身黑衣服，系了一条白色的马瑟林绸领

---

1 第聂伯河是仅次于伏尔加河、多瑙河的欧洲第三条大河。发源于俄罗斯，流经白俄罗斯和乌克兰，流入黑海。

带，并用湿梳子仔细梳理了一下花白的平头。最近这些年，每天晚上他都是这样一副神父般的严肃打扮。他走到写字台前，犹豫了片刻，用衰老的、发抖的手从钱包里摸出一把小钥匙，打开一个又长又深的抽屉。他从抽屉里隐秘的角落取出各种各样的物件：比利时手枪，用蓝丝带捆着的一大摞信，一个包着黄色丝绒面的薄本子，封面上印着烫金的字样：纪念簿。这个本子他拿了很久，本子的封面上系了一条蓝丝带，上面盖着一记同样颜色的封印。之后，他用很专业的动作认真查看了一下手枪。那是一把老式的转轮手枪，共装有六枚子弹。六枚子弹都已经上膛。他顺手将手枪放回到抽屉，耸了下肩。他将包有黄色丝绒面的本子揣进很深的外套侧兜里。

他走到窗前，拉开木卷帘窗。他睡觉的时候，院子里下过一场暴风雨。树林里刮起凉风，潮湿的悬铃木油光闪亮。已经黄昏。他一动不动地站在窗前，抱着两条胳膊眺望风景，眺望山谷、树林、隐现在山下密林深处的黄色马路和城市的轮廓。那双习惯远眺的眼睛，一眼分辨出在土路上扬尘的马车。客人已经在来庄园的路上了。

他盯着那个迅速移动的小点，一动不动，面无表情，一只眼睛半眯着，如同猎人在瞄准猎物。

9

将军从自己的房间出来时，已经傍晚七点多钟。他拄着象牙手柄的拐杖，迈着缓慢、均匀的步伐穿过将庄园的这一侧翼，将他的卧室跟大厅、会客室、音乐室和沙龙连在一起的长长的走廊。走廊的墙上挂满了古老的肖像：他的祖先、玄祖父、玄祖母、熟人、从前的仆人、军队的战友、镶嵌在鎏金画框里的曾经光临过庄园的名流贵客。将军的家族有这个传统，在庄园内供养家庭画师：途经那里或流浪到那里的肖像画家，也有比较有名的，例如布拉格的S，在将军的祖父在世时，他曾在庄园住了八年之久，他见谁画谁，包括大管家和著名的骏马。玄祖父和玄祖母也充当了流浪艺术家们笔下的牺牲品：他们穿着节日盛装，睁着清澈的眼睛从高处俯瞰。接下来的，是几副严肃、镇定的男人面孔，近卫官的同僚，留着匈牙利式的翘胡子、头发像蜗牛一样梳向前额的男人们，他们不是身穿黑色礼服，就是一身威武的戎装。“那代人很棒。”看着父亲的亲戚、朋友和战友的肖像时，将军自言自语道。那代人确实很棒，但是稍微有点孤独。他们不能幸运地融入世界，他们虽很高傲，但心存相信：相信正直，相信男性品德，相信沉默，相信孤独和诺言，还相信女人。他们失望的时候，便沉默不语。他们当中的大多数人一辈子沉默，将自己的一生奉献给义务和沉默，就像献身给誓言一样。在长廊的另一端是法国人的肖像：头发上插满头饰的老派法国女士和戴着假发套、唇露喜悦、身材肥胖的陌生绅士，那些映衬在蓝色、粉红色或鸽子灰色背景下的生硬面孔，他们都是将军母亲的远亲。他们都是些陌生人。随后看到的是父亲的肖像，身穿近卫军制服。还有一幅母亲的肖像，戴着饰有羽翎的帽子，手里攥着马鞭，像是一位女马术师。之后是一块一米见方的空白墙壁，夹在肖像之间：淡灰色的边线里框着一块白墙，看得出来，这里曾经也挂过画。将军面无表情地从那块四方形的空墙前走过。现在接下来的是风景画。

走廊的尽头，站着身穿黑色衣服的乳娘，在她小得像小鸟一样的头上包着一块崭新的、浆洗得挺括的白头巾。

“你在看画？”她问。

“对。”

“你不想把那幅画挂回去吗？”她用老年人直率的语调平静地问，并朝墙上指了指。她指着那块缺了幅画的位置。

“还在吗？”将军问。

乳娘点了点头，表示她保存着那幅画。

“不用。”他停顿了片刻后说，随后又用更低的声音自语道，“我不知道你还保存着它。我还以为，你把它烧了。”

“烧画，没有任何意义。”乳娘用尖细的嗓音说。

“不用挂。”将军肯定地说，他只跟乳娘用这种语气讲话，“挂不挂都改变不了什么。”

他们拐向高大的楼道，朝楼下看看，前厅里有一个男仆正跟女仆一起往水晶花瓶里插鲜花。

在刚刚过去的几个小时里，庄园里开始出现了生机，像是一台上了弦的机器。不仅是家具活了起来，比如摘掉了夏季麻布椅套的扶手椅和沙发，还有墙上的画、铁制的大烛台、玻璃橱里的装饰品和壁炉的座台。壁炉里已经备好了烧火的木柴，由于夏末的夜晚有阴凉的潮气，午夜过后，房间会变得湿冷黏腻。物品仿佛突然获得了存在的意义，似乎想要证明，世界上的一切都只有在跟人类有关，在变成人类命运和行动的一部分之后才会有意义。将军看着大厅，看着摆在壁炉前桌子上的鲜花和扶手椅的位置。

“这把皮椅子，摆在右边。”他说。

“你记得这么清楚？”乳娘问他，并眨了下眼。

“对，”他说，“康拉德坐在这儿，壁钟下边，靠着炉火。我坐在正中间的那把佛罗伦萨椅子里，正对着壁炉。克丽丝蒂娜坐在母亲带来的那把扶手椅里。”

“你能肯定吗？”乳娘问。

“能，”将军倚着楼梯扶手，朝那望去，“蓝色的水晶花瓶里插的是大丽花。四十一年了。”

“唉，你连这个都记得。”乳娘叹了口气说。

“我记得。”他平静地回答，“你摆的是法兰西瓷器吗？”

“是，浅色的。”妮妮说。

“那就好。”将军放心地点点头。现在，他们一声不响地看了一会儿画，环视了一下会客室和摆在房间深处的笨重家具。这些家具珍藏着记忆，珍藏着一个小时、一个瞬间的意义，似乎直到那个瞬间为止，它们只是按照纤维、树木和金属的自然法则存在而已，就在四十一年前的那个瞬间，无生命的物品充满了蓬勃盎然的内容，那个瞬间才是它们存在的真正意义。现在它们开始重生，就像一台上了弦的机器，物品也陷入深深的回忆。

“你给客人吃什么？”

“鳟鱼，”妮妮说，“汤和鳟鱼。红肉和沙拉。珍珠鸡。还有火焰冰激凌。厨师已经十年没做这些了。不过，或许还是能够做好。”她忧心忡忡地说。

“小心，别搞砸了。当时还有虾。”将军平静地说，显然陷入了沉思。

“对，”乳娘应道，随后安慰他说，“克丽丝蒂娜喜欢吃虾。不管怎么做她都爱吃。那时小溪里还有虾，现在已经没了。晚上无法进城去买。”

“别忘了准备葡萄酒。”将军用密谋般的语调悄声叮嘱。这种语调让乳娘不得不凑近一些，以仆人兼家庭成员的那种亲密微微躬身，她清楚地理解对方的意思。“你叫人取一瓶 1886 年的波玛德[1]。一瓶夏布利[2],配鱼喝。再拿一瓶陈年的玛姆[3]，有几个大瓶的。你还记得吗？”

“记得。”乳娘若有所思地回答，“玛姆只剩下干的了。克丽丝蒂娜当时喝的是半干的。”

“她只喝了一口，”将军说，“吃蛋糕时，她总是只喝一口。她不喜欢喝香槟。”

“你想从他那里得到什么？”乳娘问。

“真相。”将军说。

“可你知道真相。”

“我不知道。”他提高了嗓门，并不担心被人听到，正在插花的男仆和女仆闻声停手，抬头张望。但他们很快又垂下眼帘，继续动作机械地布置房间。“正因为我不知道真相。”

“但是你知道事实。”乳娘用尖利、攻击的嗓音说。

“事实不是真相，”将军回答，“事实只是一部分真相。克丽丝蒂娜也不知道真相。也许他——康拉德——知道。现在我从他手里要过来。”他平静地说。

---

1 波玛德红葡萄酒产于法国勃艮第著名的波玛德酒庄。

2 夏布利白葡萄酒产于法国勃艮第北部的夏布利酒区。

3 玛姆香槟酒产自法国著名的玛姆酒庄。

“要过来什么？”乳娘问。

“真相。”他简短地应道，随后沉默。

男仆和女仆离开了会客厅，他俩独自留在高处，乳娘也用胳膊肘伏在栏杆上，仿佛是在山坡上远眺。她冲着那个三人曾围着壁炉坐过的房间说：

“有件事我必须告诉你。克丽丝蒂娜在临死前，她叫过你。”

“哦，”将军应道，“我当时在这里。”

“你可以说在，也可以说没在。你离得那么远，好像远游了一样。你在你的房间里，而她当时奄奄一息。只有我守在她身边，她叫你的时候，天快亮了。我之所以说这个，是想让你今晚知道。”

将军不语。

“我想，他该到了。”他说，随后直起身子，“别忘了葡萄酒和我吩咐的事，妮妮。”

大门口传来庄园大道上碎石子发出的嘎吱声和轿厢式马车轱辘的吱呀碎响。将军将拐杖靠在楼梯扶手上，不拄拐杖就迈开脚步，走下台阶，去迎接客人。

在台阶上，他突然停下。

“蜡烛，”他说，“你还记得吗？……餐桌上点的是蓝蜡烛。它们还在吗？晚饭时一定把它们点起来。”

“这个我忘了。”乳娘说。

“我没有忘。”将军固执地说。

他抬头挺胸，穿着黑色礼服，迈开衰老而庄重的脚步，慢慢走下台阶。在男仆身后，一位老人出现在会客室高大的玻璃门门口。

“你看，我又来了。”客人和悦地说。

“这个我从来没有怀疑过。”将军回答，他的语调也同样和悦，面带微笑。

两个人紧紧握手，彬彬有礼。

10

他们走向壁炉，在壁灯冰冷、明亮的光线下，他俩都眨着被刺痛的眼睛，认认真真地相互打量。

康拉德比将军年长几个月：春天已满七十三岁。两位老人眨着眼睛，认认真真地相互打量，只有老人才能察觉到这样的体征：他们全神贯注，洞察实质，在脸上和举止里寻找生命力的最后征兆与生存欲的残留迹象。

“不用这么看，”康拉德一本正经地说，“人不会变得年轻的。”

但是两个人同时都感到忌妒和惊喜，接受对方的严格检查：过去的这四十一年，是他们分离的时光，是他们虽不能每天见面却仍时刻相知的时光，虽然并没有显现在他们脸上。我们都熬了过来，将军暗想。客人在打量了对方的身体之后，带着一种滋味混杂的满足暗想：他在等我，所以这么精神。那是一种夹杂了隐隐的失望和窃喜的满足（失望，因为对方精神抖擞、身体健康地站在自己面前；窃喜，因为自己能有心力和体力重返这里）。

那一刻他俩全都感到，在过去的几十年里，等待的日子为他们的生命注入了力量。就像一个人一辈子都在做一项训练。康拉德知道，自己总有一天要重返这里；将军知道，这一刻总有一天会到来。他俩都是为此而活着。

康拉德现在的脸色跟年轻时一样苍白，看得出来，他现在也成天待在屋里，不去户外呼吸新鲜空气。他也穿着深色衣服，料子的质地非常柔软。看起来，他挺有钱的，将军揣测。他们沉默了几分钟，彼此审视。过了一会儿，男仆端来苦艾酒和帕林卡。

“你从哪儿来？”将军问。

“伦敦。”

“你住在哪儿？”

“伦敦附近。我在伦敦有一幢小房子。我从热带回来后，就在那里定居。”

“你去了热带的什么地方？”

“新加坡。”他举起苍白的手，并不确定地朝空气中的某个点指了一下，像是在宇宙里标出一个地方，曾几何时他在那里住过，“但只是最后那几年。之前我在半岛的深处，跟马来人一起。”

“我听说，”将军边说边举起斟满苦艾酒的酒盅，冲着灯光做了一个致意的动作，“热带非常折磨人，催人老。”

“非常可怕，”康拉德说，“我失去了生命中的十个年头。”

“但在你身上看不出来。感谢上帝把你带到这里！”

他俩一饮而尽，坐了下来。

“看不出来？”客人问，他坐到壁炉旁，坐在壁钟下的扶手椅里。将军仔细观察他的动作。现在，当昔日好友坐在扶手椅里——正好坐在四十一年前他最后一次坐过的地方，好像接受了催眠术一样顺从地坐到被指定的地方——他如释重负地眨了下眼，感觉自己像一位终于看到猎物掉进陷阱的猎人；在此之前，猎物始终小心翼翼地围着陷阱转。现在所有的东西和所有的人都已各就各位。“热带很可怕，”康拉德重复了一遍，“我们这类人无法忍受。脏腑被毁掉，皮肉被烧光。在人的体内，总有什么东西会被杀死。”

“那么你去那里，”将军用心不在焉的轻松语调问，“是为了杀死自己体内的什么东西吧？”

将军这句话问得彬彬有礼，一派闲谈的语调。他也坐了下来，对着壁炉，坐在一把旧扶手椅里，家里人称它为“佛罗伦萨椅”。那是他的位子。四十一年前的每天晚上，在晚餐前后，当他和克丽丝蒂娜、康拉德三人坐在会客室里聊天时，他总是坐那里。现在，他俩都朝第三把包着法兰西绸缎的扶手椅望去，那把椅子空着。

“对。”康拉德平静地回答。

“目的达到了吗？”

“我已经老了。”他说，目光投向炉火。

康拉德没有回答提问。他俩就这样一言不发地坐在那里，看着炉火，直到男仆进来招呼他们去吃晚餐。

11

“情况是这样，开始时你以为自己适应了。”康拉德吃完鳟鱼后，又谈起了热带，“我去那里的时候还很年轻，这你应该记得。三十二岁。我当时去了沼泽地。当地人住在铁皮屋顶的房子里。我没有钱。一切都由殖民团体支付。半夜睡觉，你感觉像躺在热雾里。清晨时分，雾变得更浓、更烫。你会感到浑身酸痛。所有人都酗酒，眼睛猩红。第一年你以为你会死掉。第三年你觉得，你不再是过去的那个你，好像你的生命节奏改变了。你活得匆促，有什么东西在你体内燃烧，你的心以另一种方式跳动，整个人变得没精打采。一连几个月都没精打采。之后有那么一刻，你不再知道自己和周围发生了什么。有时这只发生在五年之后，有时就发生在头几个月。这会让人暴躁不安。在这种时候，不少人杀人，或者自杀。”

“英国人也这样吗？”将军问。

“在英国人中，这种情况少见一些。但是他们也会染上高烧、躁狂的瘟疫，那种瘟疫并没有什么致病菌。我真认为这是一种疾病，只是我们不知道病因而已。可能是水。可能是植物。可能是马来情人。那些女人你肯定无法习惯。她们中有的非常漂亮，笑意迷人，在她们的皮肤、举止、微笑和习惯里都蕴含着某种极致的柔润；无论在床上还是在餐桌上，她们都会把你服侍得体贴入微……即使这样，还是无法习惯。英国人，是的，他们保护自己。他们把整个英国装进手提行李，随身带来。比如彬彬有礼的傲慢、自我封闭、良好的教育、高尔夫球场和网球场，还有陪伴他们在沼泽地中央的铁皮顶房子里度过长夜的威士忌和烟草。当然，不是所有的人都这样。这些人只是传说而已。大多数人在四五年后，都跟其他那些比利时人、法国人、荷兰人一样变成野兽。热带啄掉他们身上的剑桥风度，就像麻风病啄烂人身上的皮肤。热带烧掉了他们身上的剑桥和牛津。你要知道，在那个岛屿上，所有在热带长期居住过的英国人都很可疑。受人尊敬，被人赞许，但很可疑。我敢肯定，他们在秘密档案里被人注上：‘热带’。像是说：‘性病’。或者：‘从事间谍活动’。所有在热带长期居住过的人都很可疑，无论他们打高尔夫还是打网球，无论他们在新加坡的朋友圈里喝威士忌还是一次又一次地穿着燕尾服或军服、胸前佩戴奖章参加政府晚宴，这都无济于事：他们仍然会很可疑。因为他们在热带生活过。因为他们染上了这种不可能适应的可怕瘟疫，如同所有的瘾癖，瘟疫也具有某种魅力。热带是一种疾病。热带性疾病可以痊愈，但热带永远不可能痊愈。”

“我明白了，”将军问，“你也染上了，对吧？”

“每个人都会染上的。”客人喝了一口夏布利，头往后仰，用过来人的语调说，“喝酒的人是在廉价逃亡。瘾癖会潜伏在人的生活中，就像台风潜伏在沼泽地后，山林之间。那里有各种瘾癖。因此对岛上的英国人来说，所有来自热带的人都很可疑。因为无法知道在他的血液、心脏和神经里都有什么。不再是简单的欧洲人，这是肯定的。不再纯粹。欧洲的杂志起不了什么作用，你在沼泽地里所读的所有关于理想的文字，无论是近些年的新书，还是上个世纪写的或想的，都无济于事。你白白保持与众不同、尴尬而审慎的风度，就像热带居民在这类白人中间或像醉酒者在聚会场合那样小心注意自己的风度：言行举止过分造作，不想让人意识到他们内心的激情，极力表现得平和镇静、一本正经、有良好的修养……但在他们心里却是另一回事。”

“那么，”将军边说边朝灯光的方向举起斟满白葡萄酒的酒杯，“请你告诉我，他们心里到底是怎么回事？”

看到对方不语，他又说：

“我以为，今晚你之所以来到这里，就是想告诉我这个。”

他俩坐在一张长桌旁，坐在一间高大的宴会厅里。自从克丽丝蒂娜去世后，这里再没有招待过客人。几十年来，没有人在这个大厅里吃过饭，这里就像博物馆的一间展厅，保存着旧家具和用过的物品，陈列着一个逝去了的年代所具有代表性的艺术珍品。墙上包有法兰西式的木雕墙围，家具像是从凡尔赛宫运来的。他俩分别坐在长餐桌的两端，在两人之间铺着白绫桌布的桌子中央，摆着一个插满兰花的水晶花瓶。花瓶周围摆了四件陶瓷雕塑，均是产自塞夫勒[1]的极品，纤巧优雅的工艺品分别象征着东南西北。正对将军的是《西》，对着康拉德

1 塞夫勒是巴黎近郊的一个小城，以生产高级瓷器闻名遐迩。

的是《东》：瓷器上微笑的黑人骑着骆驼，还有阔叶的棕榈树。

陶瓷烛台在桌子上一字排开，上面插着很粗的、教堂用的蓝色蜡烛。房间里只有四个角落亮着隐蔽的灯光。烛火燃得很高，摇曳颤抖，可房间内还是半明半暗。灰色大理石的壁炉里，木柴熊熊燃烧，冒着黄色、黑红色的火苗。不过，落地窗的窗扇虚掩着，灰色的纱帘没有完全拉上。夏日的晚风不时从窗口吹进屋内，透过薄薄的纱帘可以看到月光下的风景和远处小城里闪烁的灯火。摇曳的烛光映照着鲜花点缀的长桌中央，背靠壁炉还摆放了一把罩着绣毯的椅子。以前，那曾是将军的妻子克丽丝蒂娜的座位。在缺席者面前摆放的瓷雕是《南》：狮子、大象和一个披着阿拉伯连帽斗篷的黑人一起默默地镇守这块巴掌大的地方。大管家穿着黑色双排扣礼服，跟侍者一起纹丝不动地站在背后随时听命，随时用眼神纠正男仆们的举止。今天晚上，男仆们全都一副法国侍者的装扮，马裤与黑色燕尾服。这个习惯还是将军的母亲带到这里的，只要是在这个厅用餐——这个厅的所有家具、盘子、镀金餐具、水晶瓶、杯子和墙围，都是这位来自异邦的女主人从她的家乡带来的——她都要求男仆们穿上这套礼服端盘倒酒。厅里如此寂静，就连木柴嗞嗞的燃烧声都能听见。他们交谈的声音虽然很轻，但彼此仍能听见：就连耳语般的词句，都会在包着古色古香、感觉温暖的木墙围的墙壁上产生回声，犹如弓弦在琴板上发出的铮铮乐音。

“不，”一边吃饭一边沉思的康拉德说，“我来这里，是因为从维也纳回来正好路过。”

他动作优雅地狼吞虎咽，带着一股老年人的贪婪。现在，他将餐叉放到盘子边沿，上身微微前倾，提高嗓门，冲着远远坐在对面的主人大声说：

“我来这里，是想再见你一面。难道这样不应该吗？”

“当然应该。”将军礼貌地回答，“这么说，你去了维也纳。想来收获肯定不小，尤其对你这样了解热带和隐僻的人来说。你最后一次去维也纳是不是很久以前的事了？”

他温和地问，语调里丝毫不含讥讽的话外音。

客人面带狐疑地望了一眼长桌的尽头。两位老人略带茫然地坐在那里，相距甚远地坐在高大的厅堂里。

“是很久了，”他回答说，“四十年前，我是在……”他困惑不安地说，并且出于尴尬而被迫沉默。

“我是在去新加坡的途中，去的维也纳。”过了一会儿，客人又说。

“原来是这样，”将军又问，“这次你去维也纳有什么感想？”

“变化很大，”康拉德说，“不管谁在我这样的年龄和处境里，去哪儿都会感觉到变化。是啊，我已经四十年没在欧洲大陆旅行了。我只在从新加坡去伦敦的途中，曾在法国的港口逗留过几个小时。但我还是想看看维也纳。看看那幢房子。”

“难道你此行就为了这个？”将军追问，“就为了看看维也纳和那幢房子？你是不是有什么生意？”

“什么生意也没有。”客人回答，“我跟你一样，已经七十三岁了。过不了多久就会死掉。所以我决定上路，并来这里看看你。”

“俗话说，”将军用彬彬有礼的鼓励语调回应说，“人到了这个年龄，将一直活到自己感到厌烦。你不这样觉得吗？”

“我已经感到厌烦了。”客人说。

这句话他说得漫不经心，语调平淡。

“你知道，对我来说，”康拉德说，“维也纳曾是这个世界上的一只音叉。说出‘维也纳’这个词，就像敲响音叉，然后注意那个正在与我说话的人从这个声音里听到了什么。我这样对人进行拣选。谁不符合标准，谁就不是我的人。因为维也纳不仅是座城市，还是一个声音，这个声音一个人要么能永远在灵魂中听到，要么永远听不到。这是我生命中最美好的东西。我那时很穷，但并不孤独，因为我有一位朋友。维也纳就像一位朋友。我总能听到他的声音。即使在热带的雨中。在任何时候。有时我会在雨林里想起希辛格区房子门洞里潮腐的霉味。维也纳有我喜爱的音乐和一切，在砖石里，在人们的眼神和气质里，音乐使人变得无怨无艾，心平气和。你知道，在这种时候，人不会再受情绪的煎熬。冬季和春季的维也纳。美泉宫的林荫大道。在军校宿舍里，暗蓝的光线和高大、雪白、饰有巴洛克雕塑的楼道。清晨在普拉特骑马。西班牙学校的白色骏马。我记得所有的一切，我很想能够再次看到。”他平静地说，神情之中带着羞涩。

“四十一年后，你找到了什么？”将军再次询问。

“一座城市。”康拉德回答，并耸了下肩膀。

“这里，”将军说，“至少不会让你失望。我们这里没发生什么变化。”

“这些年你没有出门旅行吗？”

“很少。”将军望着烛光说，“除非因为工作不得不去。有段时间，我真想跟你一样退役。有过那么一刻，我真这么想。我该远走天涯，去看看世界，去寻找什么，去找某样东西或某个人。”他们没有互相对视：客人盯着盛有黄色饮料的水晶杯，将军望着摇曳的烛光。“但是最终我还是留了下来。你知道，我是指军役。人变得刻板，淡漠。我曾向我父亲承诺，我将终身服役。所以我才留了下来。没错，我是提前退休了。五十岁那年，他们要任命我统领整个军团。我认为自己要承担这样大的重任还太年轻。于是我申请退役。他们表示理解，同意了我的请求。”

“更何况，”主人停顿片刻，招呼男仆斟上红葡萄酒，接着又说，“当时服役已不再给我带来任何的快乐。革命已经爆发。正处于一个剧变期。”

“是的，”客人回答，“这个我听说了。”

“你只是听说？我们是亲身经历的。”他严肃地说。

“我不止是听说。”客人解释道，“1917 年，是的。就在那年，我第二次回到热带。我在沼泽里和中国人及马来劳工一起工作。中国人最棒。尽管他们赌掉了一切，还属他们最棒。我们生活在沼泽地，在热带雨林深处。没有电话。没有收音机。世界大战爆发时，我已经加入了英国国籍，他们理解我，不可能让我跟自己的祖国作战。这样的事情他们理解。所以我可以回到热带。在那里，我们什么都不知道，劳工的消息最为闭塞。但是有一天，在既没有报纸也没有收音机、一连几周与世隔绝、对世界上发生的事情一无所知的沼泽地里，劳工们突然停止了工作。那是中午十二点钟。没有任何起因。他们的周围环境、工作条件、监督体制和生活待遇都跟以前一模一样，并没有发生任何改变。既说不上好，也不能算坏。在那种情况下也只能那样。然而有一天，十二点钟，正午十二点整，他们说不愿再继续工作。他们来了许多人，有四千多名劳工，两腿泥污，上身赤裸，他们放下镐头、铁锨等劳动工具，说他们不再继续忍受。他们提出各种要求：要求雇主取消纪律处罚规定，要求提高工酬，增加休息时间。我们不知所措，不明白他们到底怎么了。四千名劳工变成了四千个黄皮肤和棕皮肤的勇士。下午，我骑马赶到新加坡。我是在那里听说的。在半岛上，我是最先听说的几个人之一。”

“你在那里听说了什么？”将军问，并向前欠了欠身。

“我听说，在俄罗斯爆发了革命。有一个人，当时大家只知道他叫列宁，搭乘密封的火车回到祖国，将布尔什维克装在手提行李里带回国。我的劳工们在没有电话没有收音机的热带雨林里，居然跟伦敦人在同一天获知这一新闻。简直不可思议！我后来理解了：对于人们来说，重要的消息，即使没有广播、没有电话，他们也会知道。”

“你这样认为？”将军问。

“我知道是这样。”客人平静地回答，“克丽丝蒂娜是什么时候死的？”他毫无铺垫地问。

“你怎么知道克丽丝蒂娜死了？”将军用和悦的语调问，“你远在热带，已经四十一年没来欧洲大陆。难道你是感觉到的？就跟劳工感觉到革命爆发一样？”

“我感觉到的？”客人反问，“也许吧。可她没有跟我们坐在一起。她会在哪里？只可能在坟墓里。”

“是的。”将军说，“她就安息在院子里，离暖房不远。按照她的愿望。”

“她死了很久吗？”

“你离开之后的第八年。”

“八年之后。”客人说，他的嘴唇苍白，无声地嚅动，雪白的假牙像在咀嚼什么，或是在默默心算。“她二十八岁那年。”他又开始默默心算，并悄声自语，“她要是活着，今天也该六十一岁了。”

“是啊，她会是个老太太，跟我们一样衰老。”

“她得了什么病？”

“医生说，她死于严重贫血。那种病非常少见。”

“并不那么少见，”康拉德用很内行的语气回答，“在热带很常见。人的生活条件发生改变，血象会发生相应变化。”

“也许是吧。”将军说，“如果那种病跟人的生活条件发生变化有关，在欧洲也许会很常见。我不懂这个。”

“我也不太懂。不过我在热带经常生病，慢慢变成了土郎中。马来人都是土郎中，而且代代相传。这么说，她是在1908年去世的。”过了好一会儿，客人用平和的语调说，仿佛一个人沉思了许久，终于说出自己的想法，“当时你还在服役吗？”

“是的。我一直服役到战争[1]结束。”

“情况如何？”

1　指第一次世界大战。

"你是问战争吗？"将军瞅了客人一眼，简短而生硬地回答说，"跟热带一样令人憎恶。特别是在最后一个冬季，在北方。即使在这里，在欧洲，生活也一样充满冒险。"将军说完微微一笑。

"冒险？……对，有可能。"客人会意地点了点头，"你知道吗，有的时候我想到你们在前线作战，我却远离家乡，心里感到十分痛苦。我甚至想过回国报名参军。"

"这种想法，"将军用平缓、礼貌而果断的语气说，"在军团有不少人都曾有过，并且付诸了行动，可你最终并没有回来。我估计你还有别的原因。"他用劝诱的语调说。

"我是英国籍公民，"康拉德再次不安地解释，"人不可能每隔十年换一次家园。"

"是不可能。"将军表示同意，"我认为，人根本就不可能更换家园。只能更换证件。你不这么认为吗？"

"我的家园[1]，"客人说，"已经灭亡了，解体了。我的家园曾是波兰和维也纳，是那幢房子和那座城市里的军营，是加利西亚和肖邦。它们中哪个现在还存在？把我

1 这里说的"家园"有两重意味，一是指在第一次世界大战后解体的奥匈帝国，二是指个人的精神家园。

跟它们联系到一起的那条秘密纽带已经不复存在了。所有的一切都分崩离析，变成碎片。我的家园，曾是一种情感。这种情感被伤害了。人在这种时候会毅然出走。去热带，或更远的地方。”

“更远的地方？去哪儿？”将军冷冷地问。

“到时间中避难。”

“这个葡萄酒的年份，”将军举起盛着绛红色葡萄酒的酒杯说，“或许你还记得。是在1880年我们宣誓[1]那年采摘的葡萄。在对面翼楼的地下室里，我父亲储藏了满满一窖，用那一年的葡萄酒纪念那一天。年份已经很久，几乎是我们的整个一生。现在已经是陈年老酒。”

“我们为之宣誓的国家已经不复存在。”客人十分沉重地说，也举起了酒杯，“所有人都死了，走了，放弃了我们许下的誓言。曾经有过一个我们值得为之生、为之死的世界。这个世界灭亡了。新的世界与我无关。这就是我所能说的一切。”

“对我来说，这个世界依旧还在，即使在现实中已经消亡。它还在，因为我向它许下过誓言。这就是我所能

1　这里指参军宣誓为奥匈帝国效劳。

说的一切。”

“是的，你始终是位军人。”客人回答。

两人远远地相互举杯，然后默默无语地喝干红葡萄酒。

12

“你走了之后，”将军语调亲热地说，仿佛终于谈完了最重要、最令人头疼的事情，现在只是轻松闲谈，“我们很长时间都认为你还会回来的。所有人都在这里等着你。所有人都曾是你的朋友。那时候你是有点古怪，我这么说你别生气。这一点我们可以体谅，因为我们知道，对你来说音乐更重要。我们不明白你为什么要突然出走，但是我们并不责怪，因为我们知道，你这样做会有你的理由。我们知道，跟我们这些真正的军人相比，你对那一切更难忍受。对你来说是困境的东西，对我们来说是职业。对你来说是戏装的东西，对我们来说却是宿命。当你脱掉那身戏装，我们并不感到惊讶。但是我们相信，总有一天你会回来。至少你会给我们写信。我们许多人都有这样的感觉，实话实说，我和克丽丝蒂娜也都这么想。军团里的一些战友，大概你还能记得他们。”

“我只模模糊糊记得些。”客人无动于衷地回答。

“是啊，你一定经历了太多的事情。你闯荡过世界。人在这种情况下很容易忘事。”

“并非如此。”他说。“世界其实并不重要。重要的是从来不能忘记。这一点是我后来才明白的，可惜那时我已经老了。但是细节没有了，像梦一样被人丢掉。我不记得那个军团了。”他固执地说，“有段时间，我只记得几件最主要的事。”

“比方说，维也纳和那幢房子？对不对？……”

“维也纳和那幢房子。”客人机械地重复道，他眼睑微垂，目光炯炯地盯着前方，“记忆过滤了所有的一切。在十年或二十年后你会发现，你对重大事件的记忆并不曾发生任何变化。之后会有一天，你突然记起某次打猎或某本书的某个章节，或许是这个房间。最后一次我们三个人在这里吃晚餐时，克丽丝蒂娜还活着。她就坐在这里，坐在中间。当时餐桌上的装饰也是这样。”

“是的，”将军说，“你对着《东》。克丽丝蒂娜对着《南》。我对着《西》。”

“这些细节你都记得？”客人用吃惊的口气问。

“我记得一切。”

“是的，细节有时非常重要。每个细节都与整体相关，把记忆的原始材料粘连到一起。有时我也会记起这些，在热带，在下雨的时候。那里的雨，”康拉德说这话时的语气仿佛开始说另一个话题，“一下就是几个月。雨水打在铁皮房顶上，听起来就像遭到机枪扫射似的。沼泽地里热气蒸腾，雨水是热的。一切都是潮湿的，床单，内衣，书，铁盒里的烟草，面包。一切都是黏糊糊、湿漉漉的。你坐在屋里，马来人在唱歌。你带回来的女人坐在房间的角落里一动不动地看着你。她们能一坐几个小时，一动不动地看着你。开始的时候你根本没注意，后来你变得烦躁不安，会叫她出去。但是这么做也无济于事：你知道，她会坐在别的地方，在房子某间屋子的角落里，仍透过墙壁看着你。她有一双棕色的大眼睛，就像藏獒的眼睛，哑巴魔鬼的眼睛，地球上最狡猾的动物的眼睛。她们用那种明亮、安静的眼睛看着你，不管你走到哪里，都能感觉到这样的视线，仿佛鬼怪在用魔光跟踪谁。你若冲她吼叫，她会报以微笑。你若揍她，她会看着你微笑。你若赶她走，她会坐在房子的门槛上看着你。这种时候不得不叫她回来。她们总是生孩子，可是人们很少谈论这个，她们更是闭口不谈。在你看来，她们仿佛是集野兽、杀人犯、女神父、魔法师和疯子于一身。后来，你会感到害怕，因为这种目光能让最坚强的人都感到疲惫。强烈得如同触摸。好像有人总在抚摸你。你会因此发疯。又过了一段时间，你对这个也变得麻木冷漠。外面下雨。你坐在屋里喝帕林卡，抽了好多甜烟草[1]。偶尔有人过来串门，但跟你一样也吝啬口舌，也喝帕林卡和抽甜烟草。你想读书，但雨水飘到书页里，尽管没有淋湿每个词，但你也很难再弄懂字母的意义，你默默听雨。你想弹钢琴，但是雨水落到你的身边，与你合奏。再后来，发生大旱，蒸汽一样的光焰。人们很快衰老。”

“你在热带，”将军礼貌地询问，“偶尔也弹《波罗乃兹幻想曲》吗？”

他们盯着盘中的红肉，吃得聚精会神，充满食欲，用老年人特有的深沉咀嚼和品味，似乎对他们来说，用餐已经不仅是简单的摄取营养，而是一种隆重而古老的行动。他们格外认真地细嚼慢咽，仿佛是在积蓄力量。

---

1 通常是指伯莱芋叶和弗吉尼亚烟草。

行动需要力量，力量也存在于食物、红肉和黑葡萄酒[1]里。他们吃饭的时候稍稍有些吧唧嘴，带着虔敬而忧闷的专注，就像一个人已经没有时间好好吃饭，最重要的则是仔细咬断肉的所有纤维，从肉里吸取他们所需的生命力量。他们举止优雅地进餐，同时又像部落长者们一样隆重：既严肃，又不祥。

大管家从房间的角落提心吊胆地盯着男仆的一举一动，男仆正用戴着白手套的手举着一只大托盘。在托盘中央，巧克力冰激凌正在燃烧，冒着葡萄酒酒精的蓝黄色火焰。

男仆往客人和主人的杯子里倒香槟酒。两位老人十分专业地通过嗅觉重温正从那个大如婴孩的酒瓶里流出的淡黄色佳酿。

将军品了一口，然后推开香槟酒杯，招呼男仆倒红葡萄酒。客人眨了眨眼睛看着对方的举动。他们已经吃了很多，喝了很多，现在要喝红葡萄酒。

“我祖父在世时，”将军瞅了一眼葡萄酒说，“在每位客人跟前摆一品脱餐酒。这是客人要喝的酒量。一品脱

---

1 指南非葡萄酒。

或一升半。餐酒。我父亲讲过，国王宴客时，在每位客人面前都摆放一瓶用水晶瓶装的葡萄酒。每人一瓶餐酒。所以，摆在自己跟前的酒瓶里的酒，客人想喝多少就喝多少。正式的葡萄酒另斟。这是王宫里的酒规。”

“是这样，”康拉德面红耳赤地坐在那里消化食物，“那个时候不管什么都有规矩。”他面无表情地说。

“他就坐在这里。”将军补充道，用目光指了一下桌子正中国王曾经坐过的位置。

“我母亲坐在他右边，大主教坐在左边。他坐在这里，坐在上座，就在这间大厅里。他在楼上下榻，在黄色沙龙。晚餐后，他曾跟我母亲一起跳舞。”他平静地讲述着，老态龙钟，又有一点孩子气，仿佛什么都记得。“你看，我跟别人不可能谈这件事。就为这个，我也为你的再次光临感到高兴。”他十分真诚地说，“你跟我母亲一起弹过《波罗乃兹幻想曲》。后来你在热带有没有弹过？”他再次追问，好像终于想起了什么最重要的事。

客人陷入了沉思。

“没有。”他回答说，“我在热带从来没弹过肖邦的曲子。你知道，他的音乐对我来说有着多重意味。人在热带时变得更加敏感。”

现在，他们已经酒足饭饱，前半个小时两人之间紧张、郑重的气氛逐渐缓解。血液在他们硬化了的血管里温暖地涌流，额头和太阳穴青筋怒张。男仆端来暖房的水果。他们吃葡萄和枸杞。大厅变得暖和起来，窗扇半开，夏夜的过堂风吹起灰色的绸缎窗帘。

“咖啡，”将军说，“我们要不到那边去喝吧。”

就在这时，一阵风吹开窗户。灰色的绸缎窗帘开始飘摆，沉重的水晶吊灯也微微摇晃，仿佛在暴风雨中的大船上。天空刹那间变得明亮，一道棕黄色的闪电划破夜空，像一把黄金大刀斩断受难者的躯体。暴风雨的雷鸣已经滚进屋内，几簇惊恐摇曳的烛火熄灭了，随后突然一片黑暗。大管家疾步冲到窗前，在两名男仆的帮助下，在黑暗中摸索着关上窗户。他们现在才注意到，整座城市都漆黑一片。

城市上空雷电交加。他们默不作声地坐在黑暗里，只有壁炉的灶火和两根孤单燃烧的蜡烛发出光亮。随后，仆人们端来新的烛台。

“我们到那边去喝。”将军重复道，好像根本就没有注意到闪电和黑暗。

一名仆人高举一支点燃的蜡烛为他们引路。他俩跟着幽灵般的烛光，一声不响地离开宴会厅，脚步蹒跚，身体摇晃，如同投在墙上的影子，他们穿过阴冷的会客室来到另一个房间，那里有一架敞着琴盖的长型钢琴和三把围着陶瓷壁炉摆放的扶手椅，壁炉矮粗，炉火正旺。他们坐了下来，透过垂地的白色窗帘，眺望窗外漆黑的景色。在一张小桌上，仆人为他们摆好咖啡、雪茄和帕林卡酒，壁炉台上立着一个银制烛台，烛台上燃着一支像婴儿胳膊一样粗的教堂用的蜡烛。现在，他俩都点燃了雪茄，默默不语地坐在那里，烤着火。壁炉里散发着柴火的热气，烛光在他们的头顶不安地摇曳。他们身后的屋门关上了。房间里只剩下他俩。

13

“我们已经不会活太久了,”将军单刀直入地开口说,仿佛想道出一场无声争论的最终结论,“一年,两年,也许更短。因为你回来了,我们不会活太久的。这个你心里也很清楚。你有足够的时间想这个问题,先是在热带,后来是在你伦敦附近的家中。四十一年是很长的时光。你已经想好了,是吧?……不管怎么说,最终你还是回来了,因为你别无选择。我一直在等你,因为我也别无选择。我们都很清楚,我们的重逢,将是我们的终结。生命的终结,一切的终结,至今为止赋予我们生命以内容和张力的所有的一切。因为潜藏在你我心底的秘密里,有着某种特别的能量。燃烧着生命,如鬼怪的魔光,但与此同时也赋予生命以张力和热度,迫使人不得不活下去……只要一个人在地球上还有未竟之事,他就得活着。

我来告诉你在过去的四十一年里，当你在热带和世界上闯荡时，我一个人在森林里隐居的体验吧。就连孤独都与众不同……有的时候，它就像一片原始森林，充满危险和惊喜。我熟悉它的一切。那种无聊，无论你想用何种人为之建立的生活秩序将它驱逐都无济于事。随后是突然的爆发。孤独也跟热带雨林一样神秘。”他的语气又变得执拗，“一个人活在严格的秩序里，有一天突然变成杀人狂，就像你的马来人。尽管他拥有许多房间，拥有爵位、官衔和病态恪守的生活模式。有一天，他突然冲破所有的一切，手里拿着枪或没有拿枪……后者恐怕更加危险。他冲到世界上，面对严峻的目光；同伴和老友躲闪让路。他去到大城市，花钱玩女人，周围的一切轰然引爆。他寻找争斗，并能随处找到。我要说的是，这还不是最糟的。也许他在狂奔中像癞皮的疯狗一样遭到殴打。也许撞到墙壁，遇到生活中的无数阻碍，撞得粉身碎骨。更糟的是，一个人在自己的体内扼杀掉了那种由孤独在灵魂深处酿生的愤怒。他哪儿都不去。谁也不杀。他该怎么办？只有活着，等待，恪守秩序。像僧侣那样，像恪守某种处事原则的异教徒那样活着……但是对僧侣来说这很容易，因为他们有信仰。这类将自己的灵魂和命运交付给孤独的人没有信仰，只有等待。等待那一天或那一刻的到来，直到能够再次与那些使他陷入这一境地的人进行争论，争论迫使他坠入孤独的所有一切。十年，四十年，准确地说是四十一年，他时刻都在准备迎接这一刻的到来，就像决斗者准备决斗那样。他这样安排好生活里的一切，即使在决斗中丧生，也不要亏欠任何人。他像一位职业击剑手那样每天训练。训练什么？依靠记忆，不让孤独和时间的欣狂往心里和灵魂里放入任何东西。因为在人生中有一场决斗，不用剑的决斗，他必须全力以赴准备应战。这是最危险的事情。但这一时刻总有一天会到来。你是不是也这么想？”他礼貌地问。

“你说的千真万确。”客人回答，他的眼睛盯着雪茄的烟灰。

“你也这么想，我很高兴。”将军说，“这种等待，使人能够活下去。但是，如同生活中的万事万物，它也有自己的限期。假如我不能肯定你有朝一日还会回来，我很可能会在昨天或二十年前就动身去找你，去伦敦附近你的家中，去热带，到马来人中间，或去地狱的最底层。这一点你很清楚，我会去找你的。看来，人对至关重要的客观现实能够感知。你说得很对，即使没有电话没有收音机也会知道。我家里没有电话，只在山下的办公室里有；也没有收音机，因为我禁止让世上的愚蠢、嘈杂的噪声进入我住的房间里。世界不再能侵扰我。新的世界秩序能够毁掉我与生俱来、赖以存在的生活方式，那股喧嚣鼎沸、具有攻击性的力量能够置我于死地，能够夺走我的自由和生命。对我来说什么都不重要。重要的是，我不能跟这个我已经了解并且拒之于自己生活之外的世界进行妥协。再者说，即使没有现代化设施，我也知道你还活着，总有一天会来找我。我不急于让这一时刻早些到来。我愿意等待，就像人们等待世间万物自然而然，应运而生。现在，这个时刻终于到来了。"

"你这话是什么意思？"康拉德问，"我是走了，我有这个权利。而且我有理由这么做。的确，我走得很突然，而且不辞而别。你心里肯定很清楚，并能感觉到，我除了那样别无选择。"

"你别无选择？"将军抬起头问，他用锐利的目光盯着客人，仿佛审视一件物品，"说的就是这个。这让我琢磨了好长时间。屈指算算，已经四十一年了。"

见到对方不语，将军又说：

“现在，当我步入老年，我经常回想起童年时光。人们都说，这个过程十分自然。接近人生终点时，人对早年的记忆最强烈，也最准确。我能看到面孔，听到声音。我能看到我在军校院子里把你介绍给我父亲的那个时刻。当时，他是作为朋友接受的你，因为你曾是我的朋友。要他作为朋友接受谁，并不是一件容易的事。但他一言既出，至死都算数。你还记得那一刻吗？……我们站在栗子树下，高台阶前，我父亲跟你握手。‘你是我儿子的朋友，’他说，‘你们要珍重这份友谊。’他语重心长地叮嘱。我觉得对他来说，没有什么能像这个词这么重要。你在听我讲吗？……谢谢。那我就接着说下去。我会尽量把话说得有条理。你用不着担心，马车等在外头，只要你想离开，随时可以送你回城。你用不着担心，如果你不愿意在这里留宿，我不会勉强。我的意思是，在这里留宿可能会让你感到不自在。但是如果你愿意的话，今晚可以睡在这里。”将军漠无表情、漫不经心地解释。他看到对方做了一个谢绝的手势，继续又说：“悉听尊便。马车等在门外，随时可以送你回城。你可以在早晨回家。去伦敦或去热带，你愿意去哪儿就去哪儿。但在你走之前，请你一定听我讲完。”

“我洗耳恭听。”客人应道。

“谢谢，”将军爽利地说，“我们也可以谈别的话题。两个老朋友，当太阳从他们头顶渐渐落下时，肯定会想起许多往事。但是现在，你在这里，让我们只谈真相吧！我刚才说到，我父亲作为朋友接受了你。你很清楚他所伸出的手意味着什么，无论你陷入何种困境，遇到何种苦难，无论你遭受生活的任何打击与不幸，你都可以求助于他。他确实很少这样向谁伸出过手。总而言之，在军校的院子里，在栗子树下，他这样跟你握了手。当时我们都十二岁。那是我们童年的尾声。有的时候，我能在黑夜中清晰地看到那一时刻，就跟看到生活中其他重要时刻一样历历在目。在我父亲看来，‘友谊’这个词跟‘荣誉’的意味完全相同。这个你也很清楚，想来你很熟悉他。另外，请允许我告诉你，这对我来讲，或许还有更多的意味。我现在要讲的话，可能会让你感到不自在，那么请你原谅。”他平静地说，态度很真挚。

“我不会不自在的，”康拉德用同样平静的语调回答，“你说吧。”

“我很想知道，”他说话的口气仿佛是在跟自己辩论，“到底存在不存在友谊？我现在所指的，并不是那种由于两个人相识、在他们生活的某一阶段对某些问题抱有同样的看法、具有相似品位和相同爱好而感到两心相悦的偶然性欢欣。那些都不是真正的友谊。有的时候，或许由于它如此独特，如此卓然，我认为友谊是生活中最牢固的关系……友谊的基础是什么？是同情吗？'同情'这个词太空洞和单薄，它的含义远不足以让两个人在他们生活的危难关头拔刀相助，仅仅出于同情吗？或许还有别的什么？……莫非在所有人际关系的深处，都有个小小的厄洛斯[1]？在这里，在孤独中，在森林里，我试图理解生活中的一切，因为我没有别的事可做，所以我经常思考这个问题。当然，友谊不同于那些在同性身上寻求某种畸形满足之人的病态性倾向。友谊的厄洛斯不需要肉体……与其说令人兴奋，不如说让人困惑。不管怎么说，它终归还是个厄洛斯。在所有的爱和所有人际关系的深处，都住着一个厄洛斯。你知道，我读了很多书。"他用歉然的语调说："今天，人们写它已经自由了许多。不过，我还是一遍又一遍地读柏拉图，因为在学校时我并没有读懂。我认为友谊这种人际关系——你在世界上

1 厄洛斯是古希腊神话中司"性爱"的原始神。谁中了他的金箭就会产生爱情，中了他的铅箭就会产生憎恶。

走过的地方更多，跟我这个隐居乡下的人相比，你肯定对它了解得更多，看法也更与众不同——是从娘胎里带来的各种情感中最高贵的一种。有趣的是，动物中也存在这种情感。动物也有友谊，无私，乐助。一位俄罗斯大公写过这个……我已经忘了他的名字。有些狮子和雄松鸡，各种层次和级别的动物，会竭力帮助陷入困境的同类，我确实曾经亲眼见到，它们有时还帮助非同类的动物。你在国外有没有注意到类似的情况？……那里的友谊肯定跟这里的有所不同，肯定要比我们这个落后世界里的友谊更先进、更现代。动物会采取救助行动……有的时候，尽管它们自己很难战胜救助中的困难，但在每个种群里，总会有强壮、乐助的生灵挺身而出。我在动物世界里见过的实例数以百计。但在人类之间，这样的实例我却很少见到。确切地说，我只见过一例。同情，在人与人之间眼看着生成，最终却总是溺死在自私与虚荣的沼泽里。战友关系和伙伴关系，有时看上去很像友谊。有的时候，共同的利益能够打造出一种类似友谊的人类处境。另外人们愿意逃离孤独，逃入各种亲密关系，尽管他们中大多数人会后悔，但或长或短还是相信：亲密已是友情的一种。毫无疑问，这些都不是真正的友谊。

我父亲认为，人们习惯将友谊想象成一种义务。跟爱情一样，朋友也不会因为自己投入的情感而要求回报。既不期望报答，也不把自己选作朋友的人视为不可思议的生灵，应该了解对方的毛病，并承担全部后果。这才该是理想。只有这样活着才有意义，人类能抛开这样的理想而存在吗？假如一位朋友辜负了我们，我们可不可以因为他不是真正的朋友而谴责他的个性和过失？假如我们希望另一个人保持理想和忠诚，这样的友谊又有什么价值？各种各样索求回报的爱又有什么意义？难道我不该像接受自觉自愿的风险与忠诚那样接受一位不忠的朋友吗？难道对他人无求无欲的无私品质不是所有人际关系的真正内涵吗？莫非赋予得越多，人对回报的期望反而越少？怎么才能做到赋予得越多，对回报的期求越少呢？假如一个人付出了自己青年时代所有的忠实信赖、壮年时代所有的自我牺牲，最终抱着盲目、绝对、丰沛的信任向另一个人付出了人类之间所能够付出的一切，结果发现另一个人不忠和卑鄙，他有没有权利愤怒和报复呢？如果愤怒，如果报复，那个欺骗并抛弃了他的人是否曾是他真正的朋友？你看，当我孤独的时候，总是琢磨这类书生气的问题。当然，孤独不会提供答案。书籍也不会给出完美的回答。无论是中国人、犹太人或拉丁圣哲的古代论著，还是现在的新书，难道都只是玩弄修辞、不说真相的夸夸其谈？到底有没有人曾经说过或写过真相呢？……当我有一天开始沉浸于心灵和书籍之中，我开始反复思考这个问题。时光流逝，生活在我的周围变得晦暗朦胧。书和记忆越攒越多，越积越浓。每本书里都有一点点真相，所有的记忆都表明，人们徒然知道人际关系的真正本质，他们不会由于各种见识而变得更加明智。因此我们没有权利向我们曾经视为朋友之人索求真相与忠诚，哪怕有许多件事表明了这个朋友的不忠。”

“你能完全肯定，这个朋友不忠吗？”客人反问。

突然一阵长长的沉默。在朦胧中，在不安的烛光里，两位憔悴的老人相互望着，几乎消失在昏暗里。

“我不能完全肯定，”将军说，“所以要趁你在这里，咱们谈谈这件事。”

他向后靠在扶手椅里，抱着双臂，动作镇定、谨慎地说：

“因为有一些是资料性的真相。比如说，发生了这样或那样的事；这样或那样发生的；这时或那时发生的。想知道这个并不难。常言说，事实在说话。在生命行将结束的时候，全部事实浮出水面，并大声叫喊，比被告在刑讯室内的哀号声还要响。最终一切全都发生，这个事实不可能被误解。但是有的时候，事实只是可怜的后果。一个人并非由于他所做的事情而犯错误，而是由于他所做事情的根本意图。我对庞大、古老、宗教性的法律制度进行了研究，它们不仅了解这点，并且开诚布公。一个人可以做出不忠、卑鄙乃至杀人之类更坏的事情而仍然未失内心的纯洁。行为还不是真相，毕竟只是后果而已。假如有一天，一个人想做出裁决和审判，不能只凭警方举报的事实，还必须了解法学家所说的'动机'。你逃跑的事实很容易理解，但是原因很难理解。你要相信，在过去的四十一年里，我假设并分析了各种可能，试图对你那令人费解的举动进行解释，但始终未得到任何答案。只有真相能够提供答案。"他说。

"你说'逃跑'，"康拉德说，"这个词用得太重了。想来，我不欠任何人的任何东西。我按照规定辞掉了军衔，没留下任何不清白的欠账，没向任何人做过自己未能恪守的承诺。'逃跑'，这个词用得太重了。"他郑重其事地辩解道，并且稍稍挺直了上身。

但是他的声音听起来颤抖，气愤突然给他的嗓音染上一层严肃的色彩，不尽坦诚。

“也许，这个词用得是有些重，”将军边说边做了一个肯定的手势，“但是若从远处观察所发生的事情，你应该承认，很难找到比这个更温和、更婉转的词了。你说你并不亏欠任何人，这话既对也不对。当然，你在城里既不欠裁缝的钱，也没欠放高利贷者的账。既不欠我钱，也不欠我承诺。可是就在那一刻，在7月份的那一天——你看，我连日子都记得很清楚，那是一个星期三——当你离开这座城市的时候，你要知道，你是有所亏欠的。当晚我去了你的住处，因为我听说你走了。我是在傍晚得知的消息，后来发生的事情出人意料。如果你想知道的话，我可以详细地告诉你。我赶到你的住处，只有你的勤务兵接待我。我请他让我在你住过的房里单独待一会儿，那是在最后几年，你在离我们不远的城市里服役时住过的地方。”将军沉默了一会儿，仰身靠在扶手椅里，用一只手掌遮住眼睛，仿佛在回想过去。过了一会儿，他用平静、陈述的语调继续说：“勤务兵自然乖觉地顺从，想来他也别无选择。我独自站在你住过的房间里，仔细环顾了屋里的一切……请你原谅我鄙俗的好奇心。但是不管怎样，我都难以接受那个现实，无法相信一个曾跟我共同度过生命中漫长时光的人竟会逃跑，我说的时光，准确地讲是二十二年，包括了我们的少年、青年和成年时代最美好的日子。我极力寻找借口，猜想你可能身患重病，甚至希望你发了疯；也许有人在迫害你，也许你打牌赌输了，也许你做了什么有辱军团、军旗以及你的誓言与尊严的蠢事。我真的这样期望。我说得没错，你不要觉得奇怪，在我眼里，所有这些罪过都小于你当时的不辞而别。即使你改变了世界观，我也能为一切找到借口和解释。只是有一点我无法解释：那就是，你对我的伤害。对于这个，我既无法理解，也找不到遁词。你走了，就像一个逃债者或窥探者，就在你走前的几个小时，还曾跟我们在一起，跟克丽丝蒂娜和我在一起，在山上的庄园里，要知道我们在那里曾一起度过了许多白天，甚至夜晚，年复一年，那种亲密感和手足情只有双胞胎才能体会到，双胞胎是与众不同的生灵，大自然的奇思怪想将他们生死相系。你知道吗，双胞胎即使在成年之后相隔遥远，也能够彼此感知。基于某种特别的生理规律，他们同时患病，忍受同一种疾病的折磨，即使一个住在伦敦，另一个住在遥远陌生的国度。他们既不通信，也不打电话，在迥异的环境和条件中居住，生活，用餐，彼此相隔数千公里：他们还是会在三十或四十岁时患上同样发作、同样治疗的同种疾病，比如急性胆病或盲肠炎。两个身体有着脏器的共鸣，就像在母亲的子宫里……他们喜欢或憎恨同一个人。在自然界里，的确是这样。这种情况不很常见……但是或许也不像人们认为的那么少见。有时候我想，或许友谊也是一种跟双胞胎生死不移的共生相似的纽带。在志趣、喜好、品位、修养和秉性方面惊人的相似性，将两个人的命运联系到一起。即使其中的一个背叛另一个也是枉然，因为他们的命运仍是共同的。即使其中的一个逃离另一个也是枉然，因为他们可以感知彼此的内心。即使其中的一个选择了新的朋友或情人也是枉然，只要没有某种不成文的秘密应许，另一个仍无法从这种共生中解脱。这种人的命运是平行的，不管其中的一个离开另一个多远都无济于事，无论多远，哪怕是去热带。这就是你逃走的那天，我站在你的房间里所想的事。我清楚地看到当时的情景，看到房间的照明，我现在都能闻到英国烟草呛人的味道，看到家具、沙发床、巨大的东方地毯和挂在墙上的骑马画像。就连那把适合摆在吸烟室里的紫红色扶手皮椅我都还记得。沙发床很大，看得出来，是你特别定制的，我们这一带不买这样的家具。与其说是沙发床，不如说是宽大的法兰西婚床，上面能躺两个人。”

他盯着缭绕的烟缕。

“窗户面向花园。我没记错吧？……那是我第一次去你那儿，也是最后一次。你从来不想我去看你。你只是随口提过，你在城外租了幢房子，在偏僻的乡下，带院子的房子。你是在逃跑前的第三年租下的那幢房子——对不起，我看你没有心思听我讲这番话。”

“你接着讲吧，”客人应道，“话语决定不了任何东西。既然你已经开始了，那就把话讲完吧。”

“你真这样认为？”将军不解地问，“你真认为话语决定不了任何东西？我可不敢如此断言。我有时认为，许多东西，也许所有的东西都取决于人们在某时某刻说过的、没有说过的或写下来的话语……是的，我这样认为。”这时他的语气变得果断，“你从来没有邀我去你的住所，我也不会贸然闯去。说老实话，我以为你不请我，是因为在我面前，在富人面前，你会为自己的住所感到羞窘，那里的家具是你购置的……也许你觉得家具寒酸……那时你很孤傲。”将军肯定地说，“在我们的年轻时代，唯一将我们隔开的是金钱。那时你很孤傲，不能宽恕我的富有。后来，即使过去了大半辈子，我还是这样认为，也许富有本身就不可宽恕。你常来做客的这个庄园，实在大得有点过分……我在这里出生，有时连自己都这样觉得，确实让人无法宽恕。对于我俩在金钱方面所感到的差别，你总是格外敏感。穷人，特别是绅士的穷人，他们更不会宽恕。”他用一种颇为得意的语调说，“所以我想，你之所以不愿意让我去你的住处，可能是为简陋的家具感到羞窘。现在我已经意识到，自己的揣测是多么愚蠢，但那时你的孤傲真的很令人费解。终于有一天，我站在你租下并且精心布置过的、从未邀我去过的房子里，站在你的卧室里。我大为惊诧，难以相信自己的眼睛。你心里很清楚，那幢房子，简直是件杰作。房子不大，楼下是个大房间，楼上有两个小房间，但是花园、房间、家具和所有的一切，只有艺术家才会把自己的住所布置成那样。那一刻我明白了，你原本是一位艺术家。我也理解了你在我们中间，在另一类人中间，为什么会成为局外人，理解了那些出于爱和抱负从戎的家伙们对你犯下的罪过。你从来就不是一名军人。我理解了你生活在我们中间所感到的深深孤独。那个家是你的隐居所，就像中世纪孤独者们的城堡或修道院，就像一名海盗将所有的赃物都藏在了那里，美丽而华贵：窗帘和地毯，年代久远的铜制、银制和水晶器皿，古董家具，罕见的纺织品……我知道你母亲在那些年去世，你从家族中的波兰亲戚那里也继承到遗产。你有一次说过，你家在靠近俄罗斯边境的某个地方有一座宅院和领地，那个宅院有一天将归你所有。看来，这就是那套宅院和领地，你把它们兑换成了家具、画作和三个房间。一架大钢琴立在楼下大房间的正中，上面盖着古旧的锦缎，摆着水晶花瓶，花瓶中插着三枝兰花。在这一带，只有我家的暖房里才养兰花。我一个房间一个房间地仔细查看。我理解了，你虽然生活在我们中间，但仍不属于我们中的一员。我理解了，你竭心尽力、满怀忧郁地秘密建造出这一杰作，这幢住房，这个远离尘嚣、与众不同的家园，在那里你只为自己和艺术活着。因为你是一位艺术家，或许你本来能创作些什么。”他一口气地说下去，仿佛不能容忍别人有任何异议，“在你丢下的家里，在稀有的老家具中间，我理解了这所有的一切。就在这时，克丽丝蒂娜进来了。”

他将两条胳膊交叉抱在胸前，语调平淡，不带感情色彩，仿佛是在警察局用钢笔记述一次事故发生时的情况。

“我站在钢琴前，看着兰花。”他接着又说，“那幢房子就像是一个人的伪装。当然对你来说，也许军服才是伪装？这个只有你能回答，现在，当一切都已经过去，你用你的生命做出了回答。一个人最终总会用他的整个一生回答那些比较重要的问题。难道他在这期间所说过的话和用来辩解的道理都不算数吗？最终，当一切行将结束时，他用自己生命的事实回答了世界对他固执的提问。这些提问是：你曾经是谁？你实际想做什么？你实际能做什么？你曾对什么忠诚和不忠？你曾对什么、曾对谁勇敢或懦弱过？这些提问，人们尽力回答，要么诚实，要么撒谎；不过这个并不很重要。重要的是，最终用整个生命做出回答。你脱下了伪装，因为你感觉到那是伪装，这个已经不言自明。我则按照职业和世界对我的要求，一直坚持到最后一刻，我也做出了回答。这是问题之一。另一个问题是：你和我之间是什么关系？你是我的朋友吗？最后，你逃跑了。你不辞而别地远走高飞，即便并不是完全的不辞而别，因为就在你走前的那天，在我们一起打猎的时候发生了一些事情，只是我后来才明白其中的意味。那就是你的告辞。人很少知道到底哪句话或哪个举止有着不祥的意味，或将在人与人的关系中引发某种不可逆转的变化。我为什么要在那天去你那里？你没有邀请我，没有跟我告别，也没有给我捎信来。恰恰就在你永远离开这里的那一天，我去你从未邀请我去过的家里干什么？是什么样的讯息催促我坐进了马车，直奔城里，赶到你已经人去巢空了的家？在前一天打猎时，我究竟知道了什么？难道我什么都没有察觉到吗？难道我真没有获知关于你要逃走的确切消息、暗示和征兆吗？确实没有，所有人都守口如瓶，包括妮妮——你还记得那位老乳娘吗？她知道关于我们的一切。她还活着吗？是的，她还活着，跟你一样。就像窗外我曾祖父种的那棵树一样活着。就像所有的生灵一样，她有自己生命的大限，必须活到自己的大限。她知道。但她也没说。那些天里，我彻底孤独。但是就在那一刻，当所有的一切都瓜熟蒂落，真相大白，当所有的事情和所有的人，包括你我在内的所有人都已然各就各位，我终于还是知道了。是的，我是在打猎时知道的。”他用追忆的口吻说，似乎在回答自己一个沉思已久的问题。随后他陷入沉默。

“打猎的时候，你知道了什么？”康拉德试探地问。

“那次打猎很开心，”将军换了一副亲热的语调，仿佛在心底重温美好回忆中的每个细节，“那是在这片山林里进行过的最后一次大规模狩猎。当时猎人们都还活着，那些真正的猎人……也许他们现在也还活着，只是我不知道而已。那是我最后一次在山林里打猎。从那之后，只有枪手们去那儿，那些来庄园造访的客人们，他们在林子里胡乱开枪。猎人，真正的猎人，跟他们截然不同。这个你可能不太懂，因为你从来就不是猎人。对你来说，打猎只是义务而已，就像骑马和社交，只是贵族的和职业性的义务。你也参加打猎，但只是拘于一种社交礼节。打猎的时候，你一脸轻蔑。你携枪的姿势也是那么漫不经心，就像拿着一根手杖。你不了解这种特别的激情，这种掩藏在所有角色、服装和修养背后的男性生活最隐秘的激情，这种激情隐伏在所有男人的神经里，埋得那么深，就像地心永恒的火焰。这种激情是屠杀的欲望。我们是人，我们接到的生活指令就是要我们屠杀。别无选择……人类为了保卫什么而屠杀，为了获得什么而屠杀，为了报复什么而屠杀。你笑什么？你在轻蔑地嘲笑？你是一位艺术家，你在心灵深处对这些低级、野蛮的本能嗤之以鼻，对吧？你是不是认为，你从来没有屠杀过活物？这并不一定。”他严肃、客观地说，“这个夜晚终于来到，除了真相和本质之外，咱们没有必要谈别的，因为这个夜晚不会有延续，也许在这之后，不会再有太多的白天和夜晚……我的意思是说，不会再发生任何将有特别意义的事件了。也许你还记得，从前，在很久以前，我也去过东方；那是跟克丽丝蒂娜一起度蜜月。我们去到阿拉伯人中间，在巴格达的一个阿拉伯家庭做客。这些人是最高贵的绅士，你这个旅行家肯定知道。他们的高傲，他们的自豪，他们的举止，他们的激情，他们的平和，他们身体的惩戒和他们举止的自觉，他们的游戏和他们眼睛的闪烁，那一切都折射出昔日的贵族气，那种当人类第一次在造物的无序中苏醒并意识到其人品等级的另类感。有种理论认为，人类世界起源于时间的初始，在民族、部落和文化之前，在阿拉伯世界的深处。或许正因如此，他们才显得如此高傲。我不知道。我对这个不太懂……但是对于自豪我还是颇有体验的，即使在缺少外在识别符号的情况下，人们也能感受到彼此是同样血缘和等级的人。我在东方的那几个星期，感觉那里的人都是绅士，包括蓬头垢面赶骆驼的人。我刚才说了，我们跟本土居民住在一起，住在宫殿一样的建筑里；在我们公使的推荐下，我们到当地一户人家做客。那些阴凉的白房子……你知道吧？宽敞的庭院里总是人头攒动，那里是家族、部落生活的大舞台，集贸易市场、议会大厦和教堂后院于一体……在他们的每个动作里，都带着懒散、贪婪的游戏欲。在这种极度尊严和过分慵懒的背后，隐伏着生活的情趣与激情，就像阳光下的蛇，一动不动地匍匐在乱石之间。有一天晚上，为了欢迎我们，他们在家中设宴，请的都是阿拉伯客人。在那之前，他们大多以欧洲人的方式宴客，主人既是法官，又是走私贩，是那座城里最富有的人。所有客房里布置的都是英式家具，浴盆是纯银的。但在那天晚上，我们大开眼界。太阳落山后，客人们接踵而至，全是男人，老爷和仆人。庭院中央燃起了篝火，烟气腾腾，冒着烧骆驼粪的呛人浓烟。所有人都一声不响地坐在篝火周围。克丽丝蒂娜是我们中间唯一的女性。随后，有人牵来绵羊，一只雪白的绵羊，主人亮出屠刀，以一个让人无法忘记的动作霍地刺入……这个动作不可能学会，这是东方人的动作，即使屠宰也有着象征和宗教的意义，显然与某种本质和牺牲有关。当亚伯拉罕想要祭献以撒时，就是这样举起屠刀，在古老的教堂里，人们就用这样的动作在神龛、神像、神符前屠宰用于祭祀的动物，施洗者圣约翰[1]被砍头时，凶手用的也是这个动作……这是非常古老的动作。在东方，这个动作隐伏在每个人手中。或许人就是从这个动作开始，是从介于野兽与人类之间的某种中间态生灵变成人的……根据人类科学研究，人就是从这个拇指弯曲、抓住武器和工具的能力开始变成人的。但也可能是从心灵开始，而不是从大拇指开始；有可能，我不知道……这位阿拉伯贵族宰杀了绵羊，当时这位年长的男人穿着一件白袍，上面没溅上一滴血，真像一位东方大主教在主持燔祭。他的眼睛闪烁，刹那间变得年轻起来，周围一片死寂。大家围火而坐，看着那个宰杀的动作、刀刃的寒光、挣扎的绵羊身体和飞溅的血水，所有人的眼睛都熠熠发光。那一刻我理解了，杀戮是这些人生活中习以为常的日常现象，血对他们来说是司空见惯的物质，刀光对他们来说就跟女人的微笑或雨水一样是自然现象。我们理解了——我想，克丽丝蒂娜也理解了，因为她格外沉默，刹那间，她的脸由红变白，呼吸困难，扭过了头，仿佛被迫成为某个激情、刺激场景

1 施洗者圣约翰是基督教先知，他奉上帝之命为耶稣洗礼。希律王的女儿莎乐美在她母亲的怂恿下，要父王派人杀死约翰，并将头放到盘中交给她。

的见证人——我们理解了，在东方，人们不仅知道杀生的神圣和象征意义，还知道它神秘、敏感的意味。因为在场的所有人都在微笑，这些皮肤黝黑的高贵面孔，努着嘴唇，面带笑意地看着前方，仿佛杀戮就像亲吻一样，是一件激越、美好的事情。特别是在匈牙利语里，这两个词彼此呼应，互为因果：杀戮与拥抱[1]……的确如此。当然，我们是西方人。”他换了一种较为郑重的语调，“至少是迁徙到这儿并在此定居的西方人。对我们来说，杀戮是法律和道德问题，或医学问题，不管怎样都会有什么予以批准或禁止，属于一个庞大道德与法律体系逐条逐款、精确规定的特殊事物。我们也杀戮，只是更加复杂；我们根据法律的规定与许可进行杀戮。我们为了保卫崇高的理想和正直者的财产而杀戮，为了捍卫人类共生的秩序而杀戮。我们别无选择。我们是天主教徒，我们有意识，我们成长于西方文化。在我们迄今为止的历史中，充斥着接连不断的大屠杀，但是人们总是闭上眼睛，用蔑视和谴责的口吻谈论杀戮；我们别无选择，这是我们的角色。即使狩猎，”他说，“我们也要遵守骑马

1 在匈牙利语中，杀戮（ölés）和拥抱（ölelés）两词的读音非常相似。

和训练规定，根据当地的情况要求选猎野兽，但是狩猎和屠杀，是非常古老的、与人类共生的宗教活动仪式性的畸形遗迹。所以说‘打猎是为了捕杀猎物’，这并不是真话。人类并不只是为了猎物而杀戮，即使在对人类而言狩猎是获取食物为数不多的手段之一的远古时代，人们也不只是为了猎物而杀戮。围绕狩猎，总有着各种的仪式，部落仪式和宗教仪式。优秀猎手总是部落中的头号人物，有一点像神父。当然，随着时间的流逝，这一切也变得模糊褪色。但是仪式以某种并不张扬的形式遗存下来。我这一辈子，或许对这些黎明和晨猎的喜爱胜过一切。人在天光未亮时醒来，特别是更衣的感觉，跟平日迥然不同，有的放矢地穿上特别选好的衣裳，早餐也不同以往，在屋内煤油灯的照明下，喝帕林卡暖心，嚼冷肉下酒。我喜欢猎装的气味，起绒粗呢布吸满了森林、绿树、空气和鲜血溅出的气味，你高兴地捡起坠地的野鸡，它们的血弄脏了猎装。但是血真的很脏吗？……我不这样认为。血是世界上最高贵的物质，不管在什么时代，每当人类想向上帝诉说无法言说的愿望时，总是用血祭神。猎枪油腻的金属味，皮具陈腐、呛鼻的膻味。这一切我都喜欢。”将军略带羞窘、一副老态地说，仿佛在讲述自己的病情，“随后，你走出屋子来到庭院，你的猎友已经在等着你，太阳尚未升起，猎人牵着猎狗，小声告诉你夜里的情况。现在，你坐进了马车，动身出发。大地已然苏醒，森林伸着懒腰，好像用困倦的动作在揉眼睛。到处弥漫着清新的芳香，你恍惚回到了另一个家，生命之始、万物之初的家。后来，马车停在林子边缘，你跳下车，你的猎狗和猎人蹑手蹑脚地跟着你。你皮靴的脚掌下，潮湿的绿草悄然无声。野径上布满了动物的足迹。现在，你周围的一切都开始复苏：天光掀开了森林的屋顶，仿佛有一个秘密的机械装置，世界舞台隐秘的、吊索式布景起落更换台开始运转。小鸟开始鸣叫，一只鹿从林中窜出，距离很远，在三百步之外，你躲到灌木丛后，屏息窥伺。今天你带着猎犬，没准备打鹿……鹿突然站住，它看不到你，也闻不到你，因为它是迎风站着，但即便如此它还是感觉到厄运临近；它抬起头，扭动纤巧的脖颈，身体绷紧，以这样美妙的姿态在你的眼前伫立了几秒，一动不动，就像一个人惊愕地直面厄运，束手无策，因为它知道，厄运并不会偶然降临，也不是意外事故，而是许许多多无法预测、难以理解的依存关系自然导致的后果之一。现在你已经后悔没有带上好膛的猎枪。在灌木丛中，你也感到惊愕，你，作为猎人的你，也被那个激动人心的瞬间所捕获。你的手感到那种与人类共生的颤抖，那种杀戮的准备，那种诡秘的诱惑，那种比什么都强烈的冲动，那种激励，那种所有生命都有的、既不能说好也不能算坏的隐秘激励：要比别人更强悍、更机敏，要成为好手，别犯错误。当美洲豹准备腾跃，当蛇在悬崖间伸直躯体，当秃鹫从上千米的高空俯冲，当猎人看到猎物时，都会有这样的感觉。当你在密林中，在隐蔽处，当你举起猎枪向我瞄准并想杀死我时，你可能有生以来第一次体会到这种感觉。”

将军朝摆在他俩之间、壁炉跟前的小桌探过身去，往一只酒盅内斟满甜帕林卡酒，并用舌尖仔细品尝那绛紫色、糖浆状的酒浆。之后他心满意足地将酒盅放回到小桌上。

14

"当时天还很黑，"将军继续讲述，客人没有应声，不但没有提出异议，甚至连一个表示抱怨的手势或眼神也没有，"那一刻正在把黑夜与白昼、地府与凡间区分开来。在这样的时刻，或许别的什么也同样可能被分成两半。那是世界与人类的深度和高度、光明和黑暗尚且关联的最后一秒，熟睡者从沉滞恼人的梦魇中惊醒，患者发出大声的呻吟，因为他们感到炼狱般的黑夜马上就要结束，多少可以预知的苦难随之将至；白天的秩序与光明，暴露并且瓦解掉暗夜中的一切，包括在黑暗混沌中痉挛的好奇、隐秘的欲望和迸发的愤怒。猎人和野兽都喜欢这一时刻。天已经不黑，但也不亮。在那一时刻，森林的气味是那样冷峻、粗粝，仿佛所有的有机生命体都在世界的大卧室里开始苏醒，发出隐秘而邪恶的叹息，不仅是植物和动物，人也一样。就在这时，起风了，风吹得舒缓，如同苏醒时的轻叹，忽然意识到自己降生的世界。地上散发着湿草，野蕨，树苔和由腐烂的果实、落叶、松针织成的柔滑地毯混合了林间雨露的气味，犹如从情人身体上散发出的激情汗味。这是一个神秘的时刻，是古人和异教徒在丛林深处张开手臂，面向东方，怀着诱人的期待虔诚祭祀，以求理性与心智之光能够在物质性的心脏与世界中获得永恒的时刻。在这样的时刻，野兽动身寻找源泉。在这样的时刻，黑夜尚未完全结束，森林里还在发生着什么，好猎人已做好准备，夜间动物仍在觅食，尚未归巢，野猫在偷窥，狗熊在吃最后一口腐肉，发情的麋鹿还在回味月夜下的销魂时刻，伫立在做爱现场的空地中央，骄傲、兴奋地昂起因角斗受伤的头颅环顾，仿佛陷入永久的记忆，睁着严肃、忧伤、因亢奋变红的动物的眼睛憧憬激情。在这一时刻，黑夜在密林中仍充满生机：黑夜这个词意味着猎物、爱情、游荡、漫无目标生活的快乐和为了生存所进行的自觉搏斗。在这一时刻，不仅在密林深处，而且在人类内心的黑暗中也发生着什么。因为在人的心底也存在冲动四伏的黑夜，那种冲动就跟雄鹿或牡狼心里酝酿捕猎冲动一样的狂野。梦想、欲望、虚荣、私心、情欲、好斗、忌妒、复仇的冲动就像豹子、秃鹫和东方暗夜中的大漠孤狼，隐伏在人们心底的黑夜中。在人的心底，也有既非黑夜也非白昼那样的时刻，当凶猛的野兽爬出湿冷的洞穴，在我们心里爬行，将某种冲动变成我们的某种手势，而这种冲动在我们的心里已酝酿了多年，隐伏了许久……无论我们如何绝望地向自己否认这种冲动的真正意味都无济于事：冲动的真实内容强于我们的意愿，不能化解，浓稠一团。在各种人与人关系的基础上，都有着某种可触摸的物质，无论怎么辩解怎么要心机，真相永远不会改变。真相就是，你恨了我整整二十二年，其激烈的程度毫不逊色于那种最为强烈的情感关系——是的，我是指爱情。你恨我，一旦某种情感、某种激情充满了一个人的心灵，除了激情之外，复仇总会从这样的篝火深处冒出青烟，燃起烬火……因为激情不能用理性的词汇表述。激情根本不在乎从他人那里得到什么，只想表达自己，只想将自己的意愿强加给他人，哪怕得不到任何类似温情、礼貌、友谊或耐心的回报。最强烈的激情总是最绝望的，否则就不是激情了，而是讨价还价、随机应变或不温不火的价值交换。你恨我，那种情感关系是如此强烈，简直就跟你爱我一样。你为什么要恨我？……对于这种情感，我有充足的时间努力去理解。你从来不接受我送给你的钱和礼物，从来不肯让友谊变成真正的手足之情，假若我当年不那么年轻，我本该意识到这个信号的可疑性和危险性。一个人不想部分地接受，很可能是想全部拥有。你从小的时候，从我们相识的那一刻起就开始恨我，当我们在那个特别的地方接受训练，被打造成我们熟悉的世界选拔出的典范。你恨我，因为在我身上有些什么，是你身上没有的。到底是什么？是哪种能力或品质？……那时候，你总是最有修养的人，总是那么出色，勤奋刻苦，品行端正，你是那么有才华，因为你有乐器，确切地说，你有自己的秘密，你的音乐。你是肖邦的亲戚，你比谁都神秘、孤傲。但是在你的内心深处，有种纠结的冲动让你感到紧张、焦虑，那是一种欲望，一种想成为与自己不同的其他人的欲望。这是命运对人最大的打击。欲望，成为他人，成为我们这样人的欲望：没有什么欲望会比这个更灼痛人心。因为一个人不可能成为其他人而活着，我们不得不接受自己对自己和世界而言的现实存在。我们不得不接受，你是那类人，我们是这类人；我们不得不懂得并且接受，我们不会因为智慧而从生活那里获得赞赏和嘉奖；不得不懂得并且接受，自己虚荣、自私、秃顶或有啤酒肚——是的，我们不得不懂得，我们不会因为任何东西获得嘉奖或赞赏。不得不接受，这就是秘密。我们不得不接受自己的性格和天性，即使经验和才智也不能改变我们身上的缺陷、私心和贪婪。我们不得不接受，我们的欲望在这个世界上不会有彻底的回声。我们不得不接受这个现实：我们所爱的人并不爱我们，或者并不像我们所希望的那样爱我们。我们不得不接受背叛和不忠，这是人类最难完成的重任之一；不得不接受另一个人在性格或思想上的出类拔萃。我在这里，在山林之中，花了七十三个春秋才学会了这个。但是，你不能接受这一切。”将军用平静、客观的语调说。之后他沉默了片刻，将失神的目光投向黑暗。

“当然，这一切你在小的时候并不懂，”他接着又说，好像在找什么借口，“那段时光非常美好，充满诱惑。老年的回忆把它放大，并详细勾勒出每个细节。我们曾经是孩子，是好朋友：那是天赐的厚礼，让我们感谢命运，我们能够亲身经历它。但是后来，你有了自己的性格，无法忍受你自己缺少而我却拥有的一些东西，而那些东西是我的出身、家教赋予的，如同上帝的恩典……那是什么样的能力？到底算不算能力呢？简而言之，世界冷漠，有时会充满敌意地看着你，而对于我，人们总是笑脸相迎，充满信任。你蔑视世界投向我的这种信任和友谊，在蔑视的同时，你又忌妒得要命。你可能认为——当然你并不是明确地认为，只是朦胧地感到——但凡受人喜爱的世界宠儿，身上都会有某种堕落。有的人是人见人爱，所有人都对他报以宽容、怜爱的微笑，这种人肯定有某种招摇的手段，某种堕落的天性。你看，我已经不惧怕词语了。”他微笑着，仿佛是在鼓励对方不要害怕，他也不怕。“人在孤独中能够洞悉一切，什么都不再害怕。有人的额头上印着上帝庇护的神符，他们认为自己是卓绝的生灵，正因如此，他们带着某种骄纵自负的安全感走向这个世界。但是，如果你认为我是一个这样的人，那你就错了。只有嫉妒的偏见，才会使你这样看待我。我不为自己辩解，因为我想知道真相，一个寻找真相的人，只会先对自己反省。你所感觉到的那种上帝对我和我周围一切的宽恕与恩赐，其实不是别的，而是忠诚。你认为的那种上帝对我和我周围一切的宽恕与恩赐，其实就是忠诚。我一直都很忠诚，直到那一天……

是的，直到那一天，当我站在你从那里逃走的房间里。也许这种忠诚迫使人萌发情感，产生冲动，报以微笑和信任。的确，在我身上是有过某种特殊的秉性——现在我是用过去时态讲话，我所讲的一切都已那么遥远，就像谈论一个死者或陌生人——在我身上有过一种能够征服所有人的随意和爽直。在我的生活里有过一个那样的时期，那是在青年时代，整个世界都温顺地接受我的存在和我的需求。那是一段仁爱的时光。在那个时候，所有人都迫不及待地向你会聚，仿佛你是一位值得用葡萄酒、女人和鲜花庆贺的征服者。在那十几年里，从维也纳军校毕业后，我们一直生活在一起，从来没丧失过安全感，那种感觉，就像神在我的手指上套上了一枚神秘、无形的幸运宝戒，我不会遇到真正的麻烦，只有爱和信任环绕着我。任何人从生活中得到的，都不可能比我得到的更多。”他严肃地说，“这是最博大的宽恕。在这种时候，那些面对命运的宽恕而不懂得谦虚的人会变得自负、轻佻和傲慢，而那些始终沉湎于被宽恕的状态而不懂得将上帝的礼物用于日常生活的人则会失败。世界只会宽恕那些内心谦逊、卑躬的人，宽恕短暂的一小段时光……总之，你恨我，”将军肯定地说，“当我们的青年时代接近尾声，当年少的诱惑已成为过去，我们的关系也开始慢慢变得冷淡。没有哪种感情关系要比男人间的友谊变冷、变凉更令人忧伤绝望。因为男女间的关系就像在市场上讨价还价，总是有各种各样的条件。但男人间友谊更深刻的意义恰恰是无私，我们既不想让对方做出牺牲，也不要求他付出温柔，我们一无所求，只想维持一个无言的盟约。也许我还是犯了一个错误，因为我并不完全了解你。我并不在乎你是否彻底向我敞开了襟怀，我尊重你的理智和从你灵魂深处释放出的那种奇怪而苦涩的优越感，我以为你会像这个世界一样原谅我，因为我身上有一种能力，能够在人们只能忍受你存在的地方轻而易举、快乐无忧地与人亲近，讨人喜欢——因为我能跟这个世界以你相称，并被它笑纳。我以为你会为此高兴。那时候，我们的友谊就像传说中古代男性间的友谊。当我在世界的阳光大道上健步疾行，你却故意留在了阴影里。我不知道你是不是也这样感觉？……”

“刚才你想讲打猎。”客人岔开了话题。

“我是在讲打猎，没错，”将军辩解，“我说的这些都跟打猎有关。当一个人想打死另一个人时，之前肯定发生了许多事，不只是子弹上膛，然后举起枪口。我讲的这些都发生在那一刻之前，你没能原谅我。我们在少年时代的深潭里复杂、吃力地编织起来的感情关系，有如童话世界中仙人莲的巨叶，宛若维克托利亚王莲梦幻般的绿叶像摇篮一样托着两个孩子轻轻摇荡——你还记得在这里的暖房里，我们一起养过很长时间的那株玄妙奇异、每年只开一次花的折鹤兰吗？——后来有一天，我俩的关系衰败了。青春年少的美妙时光倏然流逝，两个人虽然还在，但被一种苛刻而神秘的关系四马攒蹄地绑缚在一起，这种关系平时被人们称作‘友谊’。在我们开始谈打猎之前，我们要先把这个问题弄清楚。因为一个人并不见得在他举枪杀人的那一刻更有罪。罪发生在先，意图才是罪。当我说友谊有一天衰败时，我要知道，它是不是真的衰败了？如果是的话，是谁把它毁掉的？想来，我俩虽然秉性不同，但仍亲密无间，我跟你的性格是很不同，但我们之间彼此互补，是一个同盟，一个整体，这在生活中十分罕见。在我俩青少年时代的同盟里，你身上缺少的那些东西，对我来说应有俱有，似乎整个世界都钟情于我。我们曾是朋友，”现在他提高了嗓门说，“我希望你明白这一点。不过你肯定明白，不管是当时，还是后来，不管你在热带还是别的任何地方，我们始终是朋友，这个词的含义里充满了只有男人才会理解的责任。现在，你应该了解这个词所包含的全部责任。我们曾是朋友，不是伙伴，不是同僚，不是称兄道弟的哥们儿。我们曾是朋友，生活中没有任何东西可以补偿友谊，即使自我蛀蚀的隐僻也无法带来这种由无言、体贴的友谊带来的快乐。因为，假如我们不是朋友，你就不会在那天早晨打猎的时候，在森林里向我举起枪口。假如我们不是朋友，我就不会在第二天赶到你从未邀请我去过的住处，你在那里隐藏了秘密，隐藏了令人费解、玷污我们友谊的邪恶秘密。假如你不是我的朋友，你就不会在第二天如凶手或歹徒逃离作案现场一样从城里逃走，从我身边逃走，而是会留下来骗我，背叛我，那样会让我更痛心，会对我的自负和自尊造成更大的伤害，然而事实上，无论你做什么都不会比你所做的更糟糕，因为你是我的朋友。另外，假如我们不是朋友，你就不会在四十一年后回到这里，就像凶手或歹徒悄悄溜回到作案现场。因为你不得不回来，你看，因为你心知肚明。现在我必须告诉你，告诉你一个我曾经不肯相信、对自己否认，但用了相当长的时间才慢慢知道的事实，我必须告诉你这个可怕的、令人惊诧的发现：我们现在也是，而且永远都会是朋友。由此看来，没有任何种类的外力能够改变人与人之间的关系。你在我心里杀死了什么，毁掉了我的生活，但你始终都是我的朋友。今天晚上，我将在你心里杀死什么，然后放你回伦敦、热带或下地狱，可我仍旧是你的朋友。我们在谈打猎之前，必须先要弄清楚这个问题，因为我们要谈的一切都只是后果。友谊不是柏拉图式的情感。友谊是严格的人类法则。在古代世界，这曾是最牢固的法则，是伟大教育体系的法律基石。除了冲动和自私，在人们的内心深处还存在一个这样的法则。它比男人和女人怀着绝望的冲动相互追逐的激情还要强烈，友谊不含欺骗，因为双方彼此均无所求，朋友可以被杀掉，但两个人从少年时代就缔结的友谊是杀不掉的，直到生命结束也不可能被扼杀，记忆继续活在人的意识里，就像一块无言的英雄纪念碑。英雄，从这个词悲壮、静默的意义上讲，这是没有军刀、匕首短兵相接的英雄壮举，如同人类所有无私的品行。这样的友谊在我们之间存在，这个你很清楚。就在你举起枪口、准备杀人的那一刻，在我们之间的友谊要比在那一刻之前，要比在风华正茂的二十二年中的任何时候都更炽烈！你肯定还记得那一刻，因为在你的余生里，只留下这个成为你生命的意义与内容。我也记得。我们站在灌木丛里，松林之间。那里有一条野径从山林的小路上分岔，通向密林深处，在那里，森林在不可言状的黑暗中恣意生长。我走在你前面，突然站住，因为看到三百步之外有一只麋鹿从松林里走出。天色已经发白，那只鹿小心翼翼，仿佛在耀眼的阳光下踩踏猎物，踩踏世界，麋鹿就站在野径旁，昂着头，朝灌木丛张望，因为它感觉到危险。它凭着本能，凭着征象，凭着在动物神经系统内比嗅觉或视觉更为精准的第六感。它看不到我们，晨风吹向相反的方向，因此不能向它暗示危险，我们已经一动不动地站了好久，紧张得快要窒息，我走在前边，在野径旁边，你跟在我身后。猎手带着猎犬没有跟我们进林子。当时只有我们两个，在树林中央，在孤独之中，那是黑夜、拂晓、森林和野兽的孤独，在那里，人们总能感觉到那样的一刻，仿佛在生活和世界里迷失，有一天必须回到这个家，虽然这个家荒蛮、危险，但它仍是唯一、真正的家——森林，是水和生命的原始舞台。每当我在林中打猎，总有这样的感觉。我看见鹿后，原地停下，你也看到了，你就站在我身后的十米开外。当人类借助于精密的感觉器官判断情况的刹那，无论猎人还是野兽，都会对自己的处境与危险了如指掌，即使在黑暗中，即使没有回头。这种时候，到底是什么样的物理波、能量或射线传递的信息？我不知道……空气清爽，毫无气味。松树在轻风中纹丝不动。野兽机警而诱人地站在那儿，一动不动，因为危险中总有某种诱惑和魔力。当命运以某种方式直接降临到我们某个人的头上时，仿佛在唤他的名字，从焦虑和恐惧的深层，总辐射出某种魔力，因为一个人并不是只想不惜代价地活着，并不是，而是想彻底了解并接受自身命运，不惜代价，哪怕付出危险和毁灭的代价。因为，就在那一刻，我不仅清楚地知道，麋鹿肯定是这样的感觉；我更清楚地知道，我自己也是这样的感觉。你也是这样的感觉，在我身后几步远的地方，当你拉动猎枪的枪栓时——野兽和我一样充满魔力地站在你的眼前，在射程之内，我听到清脆、冰冷的咔嗒声，只有非常贵重的金属才能发出这样的声响，当被用于执行置人于死地的任务时，比如一把匕首碰到另一把匕首，或贵重的英格兰猎枪拉动枪栓，准备杀人。但愿你记得那一刻，你还记得吧？”

“是的。”客人应道。

“那是一个异乎寻常的时刻，”将军用一种经验丰富、暗自得意的口吻说，“当然，那个清脆的咔嗒声只有我听到了：那个声音是那么轻，即使在黎明，即使在森林喑哑无声的寂静里，也没有被站在三百步之外的野兽听到。那一刻发生了什么，即便我永远不能在法庭上予以证实，但我可以告诉你，因为你也知道事情的真相。到底发生了什么？……长话短说，我感觉得到你的动作，在那几秒钟内，我准确地感觉到了一切，仿佛看到你在做什么。你站在我背后，是在斜后方，离我有一小段距离。我感觉到你举起了猎枪，抵在肩头，开始瞄准。我感觉到你闭上了一只眼，枪筒正缓慢地调整角度。在你眼前，我的头和麋鹿的头恰好位于同一条线上和同样的高度，在两个靶心之间，也许只有十厘米的偏差。我感觉到你的手在发抖。就跟猎人能在森林中精确判断情况一样，我还准确地知道，你不可能从这个位置瞄准麋鹿：你要明白，在那一刻，在那种情况下，更加深埋的狩猎本能超过了人性本能。对此我也有一些常识，比方说，打猎时要从什么样的角度瞄准一只站在三百步外、毫无戒备等待枪击的麋鹿。情况告诉了我一切，猎手跟几个靶子之间的几何学分布确切无疑地告诉了我，在我背后几步远的地方，在一个人的心里正发生着什么。你瞄准了有半分钟，这个我不用看表也能知道，而且能精确到秒。一个人在这种时刻能够洞悉一切。我知道你不是一个好枪手，我只要稍稍偏一下头，子弹就能从我耳边呼啸而过，也许能够射中麋鹿。我知道，只需我做出一个动作，就足以让子弹留在枪膛里。但是我还知道，我无法躲避，在那一刻，我的命运已经不取决于我自己的决定：有什么事情已经酝酿成熟，根据其自身的程序与模式；有什么后果该要发生。我站在那儿，等待枪响，等着你扣动扳机，等着被从朋友枪口中射出的子弹击中。当时的情况再理想不过，我们没有证人，猎人不在附近，他正跟猎狗一起等在林外，这恰是发生某种'意外悲剧'的常见情况，这类新闻每年都能在报纸上读到。后来，半分钟过去，枪还没响。就在这时，麋鹿觉察到了危险，腾空一跃，如爆炸一般，顷刻消失在密林深处。我俩始终凝固不动。然后，你慢慢放下枪，动作很慢。这个动作我不可能听到，更不可能看到。但我还是看到了，听到了，就像我跟你面对面站着。你放下枪，小心翼翼，似乎空气的摩擦也会泄露你的意图，因为那个时刻已经过去，麋鹿消失在山林里——你看，这很有趣，你始终可以杀掉我，想来现场并没有目击者，没有旁人，没有可以做出判决的法官，假如你开枪，你周围的整个世界都会同情你，因为我们是神话式的朋友，卡斯托尔和波吕克斯[1]，二十二年同甘共苦的伙伴，我们是友谊的理想化身，如果你杀了我，所有人都会向你伸出同情之手，都会与你一起哀悼，因为在世人眼里，没有哪个生灵会比一个在古希腊命运之神的灾难性意志的驱使下意外杀死自己朋友的人更具悲剧性了……即使有谁，有哪个司法部门或鲁莽汉敢对你提出令人不可思议的指控，全世界有谁会相信你是蓄意要杀死我的？没有任何证据证明，你心里曾有置我于死地的冲动。就在前一天晚上，我们还在一起共进晚餐，跟朋友们一起，跟我的妻子、亲属和猎友们一起，在这座庄园里，你是十几年来天天登门的常客；人们看到我们在一起，跟以前一样——在生活的各种境遇里，在服役期间——我们总是形影不离，真挚，友好。你不欠我的钱，亲戚或家里的人有谁能想得到你会杀我呢？谁都不会想到。你为什么要杀我呢？这

1 古希腊神话中，卡斯托尔和波吕克斯是主神宙斯与斯巴达王后丽达偷情生下的孪生儿子。兄弟两人有着一样的相貌和心地，一起长大，一样勇敢。宙斯被他俩的手足情感动，将这对双胞胎英雄变成了双子星座的守护神。

是多么没有人性、绝无可能的猜测啊：你，朋友们的朋友，怎么可能杀害朋友们的朋友？怎么可能杀害我，杀害这个在生活中给了你所需要的一切精神和物质性帮助的人，这个你可以将他的家视为自己的家、可以将他的财产视为兄弟之间的共同财产、可以将他的家庭视为自己养父母家庭的人呢？绝不可能，没有人敢冒天下之大不韪提出这样的指控，即便有人敢，指控者也反而会遭到人们的指控，即便有哪个鲁莽汉敢这么做，悼念者也会争先恐后地跟你握手，因为这恐怖、残忍的灾难发生在你身上，使你遭受到可怕的打击，因为在一场悲剧性的意外中，你亲手杀死了你最好的朋友……当时的情况就是这样。枪已上膛，但你最终还是没有扣动扳机。为什么呢？那一刻究竟发生了什么？也许仅仅因为麋鹿察觉到了危险迅速逃离，想来人的天性如此，在一个异乎寻常的行动时刻，总是需要某种客观的借口。你计划得不错，很周密很完美，可或许还需要那只鹿；情况突然被破坏，你放下了猎枪。那只是一个短暂的时刻，谁能辨别？谁能区分？谁能裁定？这也并不重要。事实才是关键，即使不是定案的关键。事实是，你当时想杀我，后来，那一刻被世界上的一个突发事件扰乱了，你的手开始发抖，你没有开枪。麋鹿已经消失在树林里，我们一动未动。我没有回头。我俩就这样站了一会儿。也许，假如我在那一刻看你的脸，我会知道一切。但我没敢看你的脸。有一种羞怯感，要比人们在生活中可能体会到的一切都更尴尬，那是当受害者不得不看到刽子手面孔时感觉到的。这种时候，生灵在造物主面前自惭形秽。我没看你的脸，当这种将我俩紧紧绑缚、令人瘫痪的魔法过去之后，我沿着小径朝山头走去。你也机械地迈开脚步。途中，我并没有侧过脸说：'你错过了机会。' 你没有回答。这个沉默等于承认。因为在这种情况下，其他任何人都会要么羞愧要么兴奋地开口讲话，用诙谐或愤懑的语气进行解释；在这种时候，所有猎人都会论证自己的正确，藐视野兽或夸大距离，低估瞄射的可能性……但你沉默不语，像是用这种沉默回答说：'对，我错过了杀你的机会。' 我们一声不响地爬上山头。猎人和我们的猎狗早就等在那儿，山谷里响起砰砰的枪声，狩猎开始了。我们分头离去。午餐时——那是在林中准备的狩猎午餐，你的车夫报告说，你已经回城了。"

客人点烟，手没有发抖，动作沉稳地切开雪茄的烟头；将军向康拉德探过身子，将一支燃着的蜡烛递给他。

“谢谢。”客人说。

“不过，那天晚上你还是过来吃了晚餐。”将军说，“跟往常一样。你每天晚上都在那个时间到，七点半整，坐着你的轻便马车。我们很快开始用餐，跟头天晚上一样，跟那之前的许多晚上一样，跟克丽丝蒂娜一起。餐厅已经布置好了，就像今晚这样，桌上的摆设都一模一样，克丽丝蒂娜坐在我俩中间。餐桌中央点着蓝色蜡烛。她喜欢烛光，她喜欢能让人忆起过去、忆起贵族生活方式和逝去时光的所有物品。我打猎回来，径直回到自己的房间，换好衣服，那天下午我没见到克丽丝蒂娜。男仆告诉我，午后她就坐车进城去了。布置餐桌时我见到她，克丽丝蒂娜已经等在那儿，坐在壁炉前，肩上披着薄薄的印度纱巾，因为天气潮湿，有雾。壁炉里燃着炉火。她在读书，没有听到我进屋的声响。也许地毯有消音作用，消除了我的脚步声，也许她读得太入神了——她在读一本英文书，一本关于热带的游记——直到最后一刻她才意识到我走进来，我已经站到她的跟前。她抬眼看着我——你还记得她的眼睛吗？她抬眼看人的样子，像迎着刺目的阳光——也许是烛光的缘故吧，我被她煞白的脸色吓了一跳。‘你不舒服吗？’我问。她没有回答。她睁大眼睛，一声不响地看了我许久，那一刻就跟上午我一动不动地站在林中等待什么发生——等待你开口说话或扣动扳机的另一时刻同样漫长，同样直白。她神态专注地盯着我的脸，仿佛想知道那一刻我在想什么？我到底有没有想什么？到底知不知道什么？似乎知道这些要比生活本身还重要……对她来说，那一刻很可能真比生活本身还重要。对她来说，知道被我们选为猎物的牺牲品怎么想我们，总要比战利品和战绩更重要。她盯着我的眼睛，仿佛是在盘问。我想，我承受住了她的目光。无论在那一刻，还是后来，我都表现得非常镇静，脸色没向克丽丝蒂娜泄露任何事情。就在那天上午和下午，就在那次异乎寻常的狩猎中，当我险些成为猎物之后，我决定，不管生活将发生什么，我都对那个黎明的时刻永远守口如瓶，我从来没有告诉过她俩，克丽丝蒂娜和乳娘，尽管她们是我的知己，我从来没跟她们讲过那个黎明我在森林里知道的事。我决定派医生暗中监视你，因为疯狂的魔鬼统治了你的心灵：我这样认为。我对那一刻发生的事情找不到任何其他的解释。一个与我亲密的人发疯了：整个上午和下午，我都被这个顽固的念头折磨着，几近绝望，晚上当你跨进我的家门时，我就用这种眼光看着你。不管怎么说，我想用这种推测既普遍又个体地挽救我们的生物级别，因为假若你的心智健全，你就该有向我举枪的理由——不管你有什么样的理由——那么我们，住在我们家里的人，克丽丝蒂娜和我，都会丧失人的级别。当打完猎后，当我站在克丽丝蒂娜跟前，我也这样解释克丽丝蒂娜受惊、愕然的目光。她好像对黎明以来将你我绑缚在一起的秘密有所感觉。我想，女人能感觉到这类秘密。后来，你到了，穿着晚礼服，我们坐下吃晚饭。我们跟其他的夜晚一样闲谈。我们也聊到打猎，聊到管家报告，我们有位客人犯了错误，故意打死了一只公鹿，而他并没有这个权利……但是整个晚上，你对那一刻都只字未提，没提自己的打猎历险，没提你错过了一只健硕的麋鹿。按理说，这类事情在饭桌上该讲，即便你不是骨子里的猎人。你没有提你放跑了野兽，没有提你中途放弃打猎，不辞而别地回到城里，直到晚上才又现身。毫无疑问，这一切十分反常，违背了日常的社会规范。你本该提一句上午的事情……但你只字未提，仿佛我们早上并没有一起打过猎一样。你谈的都是别的话题。当你进屋时，当你跨进客厅时，你问克丽丝蒂娜晚上在读什么书。克丽丝蒂娜回答，她在读一本关于热带的书。你们就那本读物聊了好久；你向克丽丝蒂娜询问书名，追问她对那本书的印象，你想了解热带生活，你对那个话题表现出极大的兴趣，似乎你对它一无所知——我只是后来才从城里的一位书商嘴里得知，这本书和其他与那个话题有关的书，都是你在几天前借给克丽丝蒂娜的。可在那天晚上，我对这一切毫不知情。你俩的聊天将我摒除在外，因为我对热带一无所知。后来，当我明白你俩在那天晚上骗了我，再回想当时的场景，忆起你们的对话，我从心里佩服你俩滴水不漏的表演。我很粗心，对你俩的谈话没起丝毫疑心：你们在谈热带，谈一本书，一本普通读物。你想知道克丽丝蒂娜的看法，尤其想知道，一个生长在其他气候带的人能够忍受热带地区的生活条件吗？克丽丝蒂娜是怎么想的？（我对这个不感兴趣。）她——克丽丝蒂娜——是否认为一个人能够在沼泽和原始森林中央忍受那里的雨水、蒸腾的水汽、令人窒息的热雾和孤独？……你看，话又说了回来。四十一年前，当你最后一次坐在这里，在这间屋里，在这把扶手椅里，你谈的是热带、沼泽、热雾和雨水。刚才，当你回到这个家，你的第一句话谈的也是沼泽、热带、雨水和热雾。是啊，话语在轮回。一切都在轮回，事情和话语周而复始，有的时候在世界上转了一大圈，然后相遇，交往，结束什么。”他用平淡、迟钝的语调说，“总之，你跟克丽丝蒂娜最后一次谈的是这个话题。将近午夜，你叫来自己的马车，动身回城。这就是打猎那天发生的事。”将军说，听起来像是在做报告，感觉有板有眼，条理清晰，从他的嗓音内发出老年人沾沾自喜的回声。

15

“你离开时，克丽丝蒂娜也跟我道晚安。我一个人留在这间屋里。她将那本介绍热带的英文书忘在了扶手椅上。我没心思睡觉，拿起书来翻了一下。我翻看书里的插图，拼读那些介绍经济、卫生状况的数据表格。我万没料到克丽丝蒂娜会读这类书籍。书里写的一切都与她无关，我想，她不可能对半岛上的树胶产量的数学曲线和当地土著人的健康状况感兴趣。这不符合克丽丝蒂娜的阅读口味，我想。可是那本书还是说明了什么，不仅仅是用英文写的，不仅仅介绍半岛的生活条件。午夜之后，当两个人——我父亲去世后在我生活中跟我最亲密的那两个人——离开我后，我独自待在房间里，手里捧着那本书，直到恍然大悟：这本书也可以是一个信号。另外，我还模模糊糊地意识到：就在那天，有什么事情已在我身上发生，命运终于说话了。这种时候需要格外小心，我想。因为在这种日子里，命运独特的符号语言在四处响起，所有的一切都在提醒我们，暗示我们；所有的一切都是符号和图表，只需我们予以理解。不管什么事情，终归有一天会时机成熟，公开答案，我想。我突然明白，这本书也是符号与答案。这本书告诉我：克丽丝蒂娜渴望离开这里。她心里想的是陌生世界，换句话说，她向往别的地方，而不是这个世界。也许她想逃离这里，逃避什么或逃避某人——这个‘某人’可能是我，但也可能是你。毫无疑问，我想，克丽丝蒂娜感觉到了什么并且知道什么，她想离开这里，所以才读那些介绍热带的专业书，就在那一刻，我感觉到了许多，也自以为理解了许多。我理解了，并且感觉到，在那一天里发生了什么：我的生活被一分为二，就像一块土地在地震中裂成了两半——我的少年时代、你和所有意味着昔日生活的一切留在了一边，而昏暗朦胧、望不到边际的另一边，则是我要用自己的整个余生流浪的彼岸。我生命的这两个阶段永远不会再相互触碰。究竟发生了什么？我答不出来。整整一天我都努力保持镇静，小心克制，并且我确实做到了；当克丽丝蒂娜脸色苍白、用那种奇特的询问式眼神看我时，她不可能知道任何事情。她不可能从我脸上读出狩猎的时候发生了什么……究竟发生了什么？会不会是我的臆想？会不会那一切都只是幻觉？如果我把它告诉谁，对方很可能会哈哈大笑。我手里没有材料，没有证据……然而，一个比任何证据都更确凿有力的声响，不容误解、不容争辩、不容反驳、不容置疑地在我的心里大声喊叫：我没有搞错，我知道真相。真相就是：我的朋友在那个黎明想杀死我。这是一个多么滑稽可笑、莫名其妙的指控啊，对不对？我能否将这个比现实还要恐怖的秘密告诉谁呢？我不可能告诉任何人。但是现在，我能够平心静气地讲出来了，就像一个人讲述生活中的简单现实，以后我们将怎样相处？我能不能再直视你的眼睛？我们三个人，克丽丝蒂娜、你和我，能不能在一起逢场作戏，使友谊变成游戏和看守——我能够这样活着吗？我说过，我希望你疯了。也许是音乐让你发疯，我想。你始终跟别人不一样，你是另一类人，跟我们格格不入。这个人不可能是逍遥的音乐家和肖邦的亲属。但我同时知道，这个希望愚蠢而懦弱：我必须面对现实，我不能自欺欺人，你没有疯，没有任何托词和借口。你有你恨我并想杀我的原因。这个原因我猜不出来。最自然、最简单的解释是：你对克丽丝蒂娜怀有一股突然爆发的激情、痴心和欲望，这是癫狂的一种——但是这种猜测又不大可能，因为在我们三个人的生活里，我找不到任何可疑的迹象和征兆，我不能接受这种猜测。我了解克丽丝蒂娜，了解你，也了解我自己——至少我在那一刻这样以为。我们三个人的生活，我们与克丽丝蒂娜的相识，我的婚姻，我们的友谊，这一切都是公开、清澈、透明的，我们之间关系的性质和情况是那么明白无误，哪怕我只动了片刻的疑心，我都觉得是自己疯了。激情，如果真是癫狂的激情，那是不可能隐藏的，激情可以迫使着魔者有一天将枪口对准他最好的朋友，但不可能对世界隐瞒几个月之久，即使我是一个又瞎又聋的局外人，也会察觉到蛛丝马迹——我们只差生活在一起，每个星期我们都在这里共进三四顿晚餐，白天我跟你一起在城里，在兵营里，在岗哨上，我们彼此了如指掌。我对克丽丝蒂娜的昼夜、身体和灵魂的了解，清楚得就跟对自己的一样。你和克丽丝蒂娜，这个猜测愚蠢透顶……当我正视了这一猜疑后，我多少感到如释重负。这里肯定另有原因。所发生的事情，肯定要比我能想象的更极端、更隐秘、更费解。我需要跟你谈一谈。我应不应该监视你，就像一出蹩脚喜剧中忌妒的丈夫？我不是忌妒的丈夫。我并没有神经兮兮地疑神疑鬼，当我想到克丽丝蒂娜时，心里非常平静。我在这个世界上遇到她，就跟艺术收藏家遇到一生中最完美的收藏品一样，似乎找到和发现这幅杰作是他生命的唯一目标与终极意义。克丽丝蒂娜不会说谎，不会不忠，我了解她的所有想法，甚至秘密，对别人来说，这种了解只能在睡梦里偷偷幻想。我在结婚第一天送给她的那个包着黄色丝绒封面的日记本告诉了我一切，因为我们说好，她会在日记里向我、向她自己诉说情感与思想，倾吐那些与人不能直言的情感、欲望和心灵深处的肮脏念头，因为那些话让人羞于启齿或让人觉得琐碎无聊：她将所有这些记录在这本特殊的日记里，用只言片语告诉我，一个人在某种情况的刺激下想了什么或感觉到什么……我们是如此亲密。这本秘密日记总是躺在写字台的抽屉里，只有我俩有抽屉的钥匙，她有一把，我有一把。这本日记见证了男人和女人之间所可能建立的最亲密关系。假如克丽丝蒂娜的生活中有秘密的话，日记早该流露出迹象。是的，我想，我们有挺长一段时间忘记了这个秘密游戏……我站了起来，穿过漆黑的过道，朝克丽丝蒂娜的书房走去，我打开写字台的抽屉，寻找那个包着黄色丝绒面的日记本。但是抽屉里没有。”

将军垂下眼帘，静坐了一会儿，像个盲人一样闭着眼睛，面无表情，仿佛在搜肠刮肚地想一个词。

“午夜已过，所有人都睡了。克丽丝蒂娜很累，我不想打扰她。她大概把日记带到了她的房间，我想。”他的语调十分友好，“我不想打搅她，明天我再看看，她是否在日记里向我传递了什么秘密的讯息？因为，你要知道，我们从来没聊过这本私密日记——因为当着彼此的面，我们多少会为这种聋哑式亲密感到羞怯——就像长期的爱的自白。这件事很难一语道清。想当初这还是克丽丝蒂娜的主意，是她向我提出来的，我们在巴黎度蜜月时，是她想向我诉说秘密——后来，过了许多年，直到克丽丝蒂娜去世后我才明白，只有那些知道自己的生活中有一日将有什么事情需要表白的人，才会这样忧虑不安地为自白、为最后的真诚做准备。很长时间，我对这本日记都不太理解，我认为用这种书面的方式传达秘密是颇令人费解、有一点造作的女人想法，是克丽丝蒂娜生命中异想天开的摩尔斯电码[1]。她说，她永远不想在我面前隐藏秘密，也不想对自己隐藏秘密，所以将在日记里记下所有难于启齿的东西。我刚才说了，我过了很多年才明白，她之所以这样逃入真诚，是因为担心有一天自己的生活中会充满不能与我分享的秘密，而真正的秘密是无法记述、无法言说的。克丽丝蒂娜想要给我一切，她的身体和她的心灵，她的感情和隐秘的念头，以及她所有的神经讯息——我们当时在度蜜月，克丽丝蒂娜在情网之中，你想一下她的出身就能明白，我给她的一切对她来说意味着什么？我的封号，这座庄园，巴黎宫殿，花花世界，所有那一切，是她在几个月前，在小城郊区的贫民区里做梦都不敢想象的，那时她一个人跟一位寡言少语，疾病缠身，靠乐器、乐谱和记忆活着的老人相依为命……现在，生活一下子拱手给了她一切，婚姻，一年的蜜月，巴黎，伦敦，罗马，然后是东方，在绿洲里浪漫了好几个月，还有大海。克丽丝蒂娜当然相信自己非常爱我。后来我才知道，她并不爱我，在那段时间里

1 摩尔斯电码是一种时通时断的信号代码。这种信号代码通过不同的排列顺序来表达不同的英文字母、数字和标点符号，是由美国人艾尔菲德·维尔在1835年协助塞缪·摩尔斯设计摩尔斯电报机时发明的。

她也不爱；只是感激。”

将军十指相扣，臂肘拄着膝盖，上身前倾，说：

“感激，非常感激，用她自己的方式，用一个和自己富有、显贵的年轻丈夫度蜜月的年轻女人的方式。”他的手指紧紧扣在一起，深沉、专注地盯着地毯上的图案，“不管怎样，她想表示感激，所以想出写日记这一特别的礼物。因为这本日记的开头，充满了令人意外的自白。克丽丝蒂娜并没在日记里讨好我，她的自白有时坦诚得让人不安。她三言两语地记下她眼中的我，但非常典型。她写下我身上她不喜欢的地方，比方说无论在哪儿，我跟人交往时所表现出的过分自信——她觉得我身上缺少谦逊，而对她那颗虔诚的心灵来说，谦逊是最高贵的品德。的确，在那些年里，我确实不谦逊。整个世界都属于我，我找到了一个我能全身心接受并产生完美共鸣的女人，我拥有财富和社会地位，前途无量，沐浴在阳光下，我才三十岁，热爱生活、义务和我的职业。现在，当我回首往事，我自己也为那种骄纵张扬、高傲狂妄的自信和快乐感到厌恨。就跟所有受到上帝无缘无故恩宠的人一样，我在幸福感的深层也会感到一种惆怅。一切全都过于美好，完美无瑕，完美无缺。人们总是惧怕这种常态的快乐。我希望命运能够带来苦难，哪怕是在港口接到家书，获知有关世界和经济的负面新闻；哪怕被告知家中失火，庄园和财产付之一炬；哪怕替我打点财产的人给我捎来坏消息，即使真发生这类不幸，我都不在乎……你知道，人们喜欢向神回报所得到的快乐。因为众所周知，诸神有很强的忌妒心，他们刚给凡夫俗子一年的快乐，便立即登记到欠账簿上，将在其生命结束时以高利贷的价格索回。但我生活中的一切完美无缺。克丽丝蒂娜在她的日记里写下只言片语，仿佛在梦里跟我说话。有的时候写短短一行，有的时候只写一个词。比如她写过这样的话：'你毫无希望，因为你自负。'之后几个星期什么也不写。或者她写，在阿尔及尔看到一个男人，那个男人在一条窄巷里尾随她，她感觉自己会跟他走。克丽丝蒂娜有个丰富多彩的不安灵魂，我想。但是我很快乐，即便这种坦诚带着一点怪异、可怕的光焰，也不会破坏我的快乐。我不认为一个人真想如此费劲地向另一个人倾吐一切，也许之所以用这种支离破碎的坦诚谈论一切，恰恰是为了避免直接谈及事物的关键与本质。我在蜜月期间并没有想到这一点，即使后来读日记时也没有想到。但是后来，在我生活中至关重要的那一天和那一夜，在我们一起打猎的那天，我整个一天都感觉自己好像已经死在了你的枪口下，好像听到那枚突然射来的子弹从我耳边呼啸而过。夜幕降临，你向我们告辞，但在那之前你跟克丽丝蒂娜详细讨论了与热带有关的一切话题。我一个人独自厮守着那一天和那一夜的记忆。日记没在它常在的地方，没在克丽丝蒂娜写字台的抽屉里。我决定第二天早上到城里找你，问问你……”

说到这里他突然沉默了。他摇了摇头，一副老态，像是对一个孩子的行为感到惊诧。

“我想问什么？”他自嘲般地压低了嗓音小声说，“能用言语向人询问什么？人们并非用生活的现实，而是用言语做出的回答有什么意义？……没多大意义。”他断然自语：“言语能跟生活现实完全相符的人十分罕见，也许是生活中最罕见的现象。那时我还不懂得这个。我这里指的不是谎言，不是卑鄙。我指的是，人们白白了解真相，白白积累经验，但仍不能改变他们的天性。也许在生活中，我们对此只能听其自然，不可能像对待智慧和谨慎那样对这类不可复制的现实进行调整，不可能改变一个人的天性以适应现实。我们能做的只有这些。即便如此，我们也不会变得更智慧、更威严，不会……我想跟你谈谈，但我并不知道我到底能够问你什么，能让你既可以回答，又不会改变事实。不过借助言语、询问和回答，也能够了解事实，接近现实：所以我想跟你谈谈。我睡得很实，我实在太累了。那一天我感觉到体力耗尽，好像一整天都在骑马或流浪。有一次我从雪山里背回一头棕熊，沉得要命，两百五十公斤：那些年我知道自己的体力很棒，可事后还是感到惊讶，我居然能背着那么沉的家伙攀崖越岭。看来，人有能力承受一切，直到极限，直到生活有了意义。当我背着那头死熊从山上下来，筋疲力尽地睡在山谷，我的猎友找到我时，我已经冻得半死了，旁边横着狗熊的尸体。那一夜我也是这样睡的。我睡得很实，没有做梦，醒来之后立即动身，直奔城里，找到你家。在那里，我站在屋子中央，我知道，你已经走了。我第二天才在上校那里看到你的信，你在信里宣布，你辞掉军衔去国外旅游。就在那一刻，我意识到你逃跑这个事实，因为当时我可以肯定，你确实想杀我；我可以肯定，有什么事情已经发生并正在发生，但其真正的意义我仍未弄清，不过我能肯定，这一切都直接跟我有关，这一切也发生在我的身上，不只在你身上。当房门打开，克丽丝蒂娜走进屋里时，我就这样站在神秘、闷热、摆满精美物品的房间里。”

他用叙事的语调娓娓讲述，和悦、亲切，仿佛透过遥远的时空，正不无玩味地向一位终于从国外归来的朋友讲述昔日故事中最精彩的情节。

康拉德一动不动地听着。他把已经熄灭了的雪茄放在玻璃烟缸的边沿，紧紧将双臂抱在胸前，姿势僵硬、刻板，他就这样一动不动地坐在那儿，俨如一位正跟上司友好交谈的军官。

“她推门进屋，站在门口。”将军说，“她从家里赶来，没戴帽子，只身驾了一辆单匹马的轻便马车。‘他走了吗？’她问，嗓音显得格外沙哑。我做了一个肯定的手势，表示你已经走了。克丽丝蒂娜优雅挺拔地站在门口，可能我从未见过她像此时此刻这样美丽。她脸色煞白，像失血过多的伤员的脸，唯有眼睛放着灼热的光，她的眼神跟前一天晚上当我走到她跟前、她在读介绍热带的读物时一模一样。‘他逃跑了。’她随后说，没等我回答；这话她是跟自己说的，既是宣布，也是判断。‘这个胆小鬼。’她又说，语调平静。”

“她真这么说？”客人问，身子稍稍动弹了一下；这时候，他调整了一下雕塑般的坐姿，清了下嗓子。

“是的，”将军说，“她并没说别的。我也没问。我们一声不响地站在屋里。之后，克丽丝蒂娜巡视了一圈，一件件地仔细审视了房内的家具、画和工艺品。我注意到她的每个眼神。她看这间屋子，感觉像在告别。她看东西的样子，仿佛她曾一件件地看过，现在又一件件地与它们告别。你知道，看一间屋子和屋里的陈设有两种方式：一种是像第一次发现什么，另一种是像告别什么。在克丽丝蒂娜的眼神里，没有任何发现式的好奇。她的眼神是那么平静，并不陌生地在房间里走来走去，好像一个人在自己家中那样惬意环顾，清楚每样东西所在的位置。她的眼睛病态地闪烁，同时又格外黯然。她是那么专注、无言，此时此刻，我感到这个女人灵魂出窍，已经脱离了生活的安全范畴，很快就要失去自己，同时也失去你和我。一个眼神，一个突然的动作，克丽丝蒂娜做了什么或说了些什么，但这事已经无可挽回……她看着那些画，神色平和，并无好奇，就像人在告别的时候审视那些十分熟悉、已经看过无数遍的旧物。她用近视、傲慢、闪烁的目光朝那张宽大的法式沙发床瞅了一眼；眼帘稍稍垂下了片刻。之后，她转过身，跟来的时候一样一言不发地走出房间。我没有追她。透过敞开的房门，我目送她穿过院子。她从芍药树间走过，那几天芍药花正在盛开。她登上候在栅栏外的轻便马车，手攥缰绳，驱车策马。转眼间，马车消失在街巷的尽头。”

他停顿了片刻，看着客人。

“我是不是让你厌烦了？”他礼貌地问。

“没有，”康拉德沙哑地回答，“一点儿都没有。你继续讲。”

“我讲得是有点太详细了，”他用歉意的语调说，“但是不可能不讲详细：我们只能通过细节理解本质，这是我从书里和生活里体会到的。要了解所有的细节，否则我们不可能知道，哪个隐在背后的词是重要的。一切都必须复原。但是现在，我已经没有再多的话好讲。你逃跑了，克丽丝蒂娜走了，她驾着轻便马车回家了。在那一刻，在那之后，我到底还能做些什么？……我环顾房间，望着克丽丝蒂娜消失的方向。我知道，在前厅里，在房门后，你的勤务兵还姿势僵硬地站在那儿。我唤他的名字，他走进屋，向我敬礼。‘请您吩咐！’他说。‘上校先生什么时候走的？’‘乘拂晓的特快列车。’这列火车开向首都。‘他带了大箱子吗？’‘没有，只带了几件日常的衣服。’‘有没有留下什么指令或口信？’‘留了。这套公寓要退掉。家具要卖掉。这一切都交给律师先生办理。我将归队。’勤务兵说。他只说了这些。我们面面相觑。随后发生的是一个让我难以忘记的时刻：勤务兵——那个二十多岁的乡下男孩，你肯定还记得他那张善良、聪颖、通达人情的脸——从笔直立正、目光炯炯的军人身体里走出来，不再是一位士兵站在自己的上司面前，而是一个了解某些秘密的男人站在另一个他所同情的男人面前。在他的目光里，含着某种同情与怜悯，我的脸色变得煞白，那副目光让我血往上涌……这时候——这辈子第一次也是最后一次——我也突然丧失了理智。我上前一步，抓住他上衣的胸襟，猛拽一把，几乎将他悬空拎起。我俩的哈气呼到彼此脸上。我们死死地盯着对方，勤务兵的眼里既充满了恐惧，同时也再次——或者说始终——流露出怜悯。你知道，在那种时候我的拳头无论对人对物都不长眼睛；不管什么，只要稍不留神就能击得粉碎……这个我自己也清楚，我感到我们两个，士兵和我，都处在危险之中。于是我松开手，像扔一个铅娃娃；他的军靴咚的一声踏到地板上，重又恢复了立正的姿势，仿佛是在接受检阅。我掏出手帕，擦了擦额头。我只要开口问一个问题，这个人现在肯定会回答。我只需问他：‘刚才来这儿的那位女士，以前也来过这里吗？……’假如他不回答，我会杀了他。但是很有可能，即使他回答了，我也会杀他……人在这种时刻六亲不认。与此同时我心里清楚，没有必要问。我知道克丽丝蒂娜以前来过这里，而且不止一次；她肯定来过许多次。”

将军仰身靠在扶手椅里，两只胳膊疲乏无力地搭在扶手上。

“现在再问什么都已经没有意义，”他说，“我还应该知道的事，这个陌生人是无法告知的。我还应该知道：这为什么会发生？人与人之间的疆界在哪儿？背叛的极限是什么？我应该知道这个。另外还有，我到底犯了什么罪？……”

他说这话时声音很低，带着毫不知情的询问语调。从他的话里可以听出，这些在心底深埋了四十一年、至今不能找到答案的问题，现在是他第一次问出口。

16

“因为，不仅是事情发生在人的身上，”现在他抬起头来果断地说，蜡烛在他们的头顶上燃着长长的火苗，冒着烟，蜡烛的棉芯已经变黑；窗下的风景和城市已经昏暗，黑夜中不见一点灯火，“人自己也制造发生在自己身上的事。人制造了应该发生在自己身上的事后，又守在身边不肯放走。人就是这样。即使他在开始的一刻就立即感到并且知道自己所做的事情是致命的，但他还是照做不误。人跟命运相互依存，相互召唤，相互创造。‘厄运无缘无故闯进我们生活’的说法是不对的。厄运从我们敞开的房门跨进来，是我们将厄运请到自己跟前。没有谁拥有足够的力量与聪慧，能用言行阻止那些因其本质和特性注定将要发生的灾难。我对你和克丽丝蒂娜的关系真的一无所知吗？……我指的是，在那段时间里，或在开始的时候，在我们三个人的故事开始时？……话说回来，是你把克丽丝蒂娜介绍给我的，是你曾在她父亲那里誊写乐谱，那位老人虽有一双拉小提琴的手，但只能用来抄写乐谱，由于攥不住提琴和琴弓，他已经不能再用乐器演奏出纯美、高雅的音乐，他很早就被迫结束了艺术生涯，告别了音乐厅，不得不在一座小城市的音乐学校教那些五音不全或假装有天赋的孩子们，另外还靠帮一些有点天赋的艺术爱好者修改或编辑他们的作品赚些可怜的外快。你就这样在克丽丝蒂娜十七岁那年结识了她和她的父亲。克丽丝蒂娜的母亲是南蒂罗尔人，在她生命的最后几年，住在当地一家疗养院里治疗心脏病。当你介绍我认识他们父女时，克丽丝蒂娜的母亲已经去世了。后来，在我们蜜月之旅结束之前，我和克丽丝蒂娜一起去了一趟那个温泉度假村，找到了那家疗养院，克丽丝蒂娜想看看母亲辞世的房间。我们下午乘汽车赶到阿尔科，沿途弥散着加尔达湖[1]畔鲜花和橘子树的芳香，我们在里瓦休息了一会儿，午饭后进到了阿尔科。铅灰或银色的风景，满眼都是橄榄树，高处有一座

1 加尔达湖位于意大利北部，阿尔卑斯山南麓，威尼斯和米兰之间，是意大利面积最大的湖泊。

城堡，隐在悬崖峭壁之间，悬在雾气和热风之中，那是一所心脏病疗养院。到处都是棕榈树，令人感动的柔和光线，芳香、湿闷的温热空气，感觉像是在暖房里。在那座淡黄色外墙、十分宁静的建筑物里，克丽丝蒂娜的母亲度过了生命的最后几年，它给人的感觉是那么神秘，仿佛所有的悲伤都锁在其中，人们因此患心脏病，似乎心痛是阿尔科的某种无声的行动，仿佛失望是某种令人费解的生活意外所导致的结果。克丽丝蒂娜绕着建筑物散步。静谧的、带刺的南方植物的芳香和气味浓重的温热雾气使这里的一切都变得病弱，仿佛在拧病人的心脏，这一切也直接传染了我。我第一次感到，克丽丝蒂娜并没有完全跟我一起，而是在远处，在非常远的地方，在那段时间的初期，我听到一个声音，那是我父亲睿智而伤感的声音。我父亲有一次谈到你，'康拉德。'这是他第一次叫出客人的名字，他既无责难也无怨愤地说出这个名字，语调平和友好。他说，你不是一名真正的军人，你是一个另类。那时我还不理解这个词，还不懂得什么是另类性。……后来，漫长的时光和孤独的日子让我懂得，无论男女关系、朋友关系，还是人与世界的各种关系，永远全都取决于此：取决于将人类分成两类的另类性。有的时候我几乎相信，世界上只存在这两类人，每类都是另类性的变种，阶层划分，世界观，权力等级，一切都是另类性造成的结果。只有属于同种血缘的人们才能在危难关头相互帮助，才能将自己的血液捐给与自己血型相同的人，心灵也只有在不是‘另类’的情况下，在其态度比信赖还要隐秘、真实的情况下，才能帮助另一个心灵……我在阿尔科感觉到，这场喜宴结束了，克丽丝蒂娜也是一个‘另类’。我想起了父亲的那句话，他虽然不是一个读书人，但孤独和生活还是教会了他识别真相；他知道存在着两类人，是的，他也遇到了一位他挚爱的女人，但跟她一起生活时，他仍感孤独，因为他们是两类人，两种秉性，两种生活节奏，因为我母亲也是个‘另类’，就跟你和克丽丝蒂娜一样……在阿尔科，我知道了什么。我对母亲、对你、对克丽丝蒂娜的感觉一模一样：同样的渴望，同样找寻的希冀，同样的束手无策和内心煎熬。因为无论在生活的何种情况和境遇下，你们总是喜欢‘另类’，总是寻找‘另类’……你知道吗？让两类人相遇，是生活最大的秘密和礼物。这是多么罕见，似乎大自然的力量和伎俩总是不遗余力、千方百计地阻碍这种亲和——也许世界的造化和生命的更新需要一种相互寻找的应激状态，而这种应激状态产生于愿望和节奏截然相反的人们之间。交流电，你知道……不管你往哪儿看，都存在正电与负电的能量交换。在两类人的背后，有多少绝望和盲目的希望啊！是的，在阿尔科，我听到了父亲的声音，我意识到他的命运将在我的身上继续，我和父亲有着同样的性格与趣味，我母亲、你和克丽丝蒂娜站在对岸，虽然你们每人各有不同的角色，一个是母亲，另一个是朋友，第三个是恋人、情人和妻子，但是在我生活中，你们扮演的仍是同一个角色。你们在对岸，是啊，我永远不能跨到那边……在生活中你可以得到一切，可以战胜周围和世界上的一切，生活可以赋予你一切，你可以向生活索要一切：只是你不可能改变一个人的趣味、倾向和生命节奏，不可能改变从根本上决定一个人特征的这种另类性，哪怕这个人对你来说非常重要，哪怕是跟你很亲密的人。在阿尔科，当克丽丝蒂娜绕着她母亲辞世的房子散步时，我第一次感觉到这一点。”

他仰身靠在扶手椅里，把头埋在手掌中，做出一个无可奈何、接受现实的动作，似乎明白了什么，明白了人的“特征法则”永远不可抗拒。

“后来，我们从阿尔科回来，开始在这个家庭里生活。”他说，“你对克丽丝蒂娜的了解，要比你向我介绍的多得多。你一句都不曾跟我提过，克丽丝蒂娜喜欢你。我对我们的相识记忆犹新，我跟克丽丝蒂娜的初次见面，完全不同于以往的任何一次见面。她是一个混合类型，是的：有点像日耳曼人，有点像意大利人，主要还是像匈牙利人。也许她还有点波兰血统，那是从她父亲的家族遗传来的……她本人也很难让人定性和归类，似乎不能完全排除她属于任何的人种或阶层，仿佛大自然有一天尝试着创造出一个独立不羁的自由生灵，与任何阶层和出身都无真正的关系。她就像一头野兽：精心饲养，关在笼中，她父亲的修养与温情只驯化了她的气质。克丽丝蒂娜的内心是狂野的，无法驯化：我给她的一切，包括财产和社会地位，实际上她并不看重，狂放不羁、渴望自由是她灵魂和天性的真正内涵，因此她对于我将她领入的那个世界丝毫没有兴趣……她的自豪也很另类，不像别人那样自豪于他们的头衔、出身、财产、社会地位或某种特别、唯一的能力。克丽丝蒂娜自豪于根植于自己内心和神经细胞里的高贵野性，如同某种毒素和遗产。这个女人——你很清楚——骨子里非常自主，这种人很少见，无论在女人还是男人当中，这样自主的人都很少见。看起来，这与出身和地位无关。她不可能被伤害，没有什么情况能将她吓倒，她不能忍受任何意义上的限制。她还拥有某种女人身上罕见的能力：懂得自己内在的、人类级别的义务。你还记得吗？我想，你肯定记得。我们第一次在屋里见面时，她父亲的乐谱本摊在宽大的桌子上：克丽丝蒂娜走进来，昏暗的小屋突然变得明亮。她不仅仅带来了青春，还带来了激情和傲慢，以及绝对情感的独立意识。无论是在认识她之前还是之后，我都未曾见过有谁能像她那样游刃有余地应对世界和生活赋予她的一切：音乐，黎明时分的林中散步，一朵花的颜色和香味，一个人得体贴切、恰如其分的言辞。没有谁能像克丽丝蒂娜那样全身心投入地抚摸一块华丽的布料或一只动物。没有谁能像这个女人那样为生活中一件很普通的礼物而欣喜若狂：人和动物，星星和书，她对什么都感兴趣，但却从不自命不凡，从不抱着蓝袜族[1]的品鉴态度，而是怀着新生儿一样不偏不倚的快

1 蓝袜族，是欧洲人对知识女性的一种称法。源自十八世纪中叶伊丽莎白·蒙塔古和几位女性在伦敦成立的文学团体“蓝袜社”。随着十九世纪晚期中产阶级妇女受教育机会增加，“蓝袜”一词曾得到广泛使用。

乐对待生活能够给予或展示的所有一切。好像大千世界的万事万物，都跟她有着私密的联系，你明白吗？……我想，你肯定明白。在这种不偏不倚的态度里，也有某种谦逊，好像时刻感觉到生活是巨大的恩典和仁慈。有时我能够看到她那张脸。”他诚恳地说，“在这栋房子里你已经看不到她的肖像了，没有她的照片，那幅奥地利人为她画的大幅画像曾在我父母的肖像之间挂了许多年，后来被从那儿摘了下来。没错，在这栋房子里，你再也看不到克丽丝蒂娜的肖像了，”他明确地说，口气颇为自得，仿佛在讲述一件并不那么惊天动地的义举，“但是有的时候在昏暗之中，或当我走进一间屋子，我仍能看到她的脸。现在，当我们两个最了解克丽丝蒂娜的人在谈论她时，那张面孔在我的眼前是如此清晰，清晰得就跟她在四十一年前那个最后的夜晚坐在你我中间一样。想来那是我们跟克丽丝蒂娜一起吃晚餐的最后一晚，这个你必须清楚。不仅是你，那也是我最后一次和克丽丝蒂娜一起吃晚餐。因为就在那一天，发生了在我们仨之间注定要发生的一切。我们两个最了解克丽丝蒂娜，因此不可避免地要做出某种决定：你去了热带，我跟克丽丝蒂娜不再讲话。她这样生活了八年，没错。我们住在同一个屋檐下，但我们彼此不再讲话。”他平静地说。

他盯着炉火。

“我们生性如此。”他严肃地说，“我慢慢地理解了这个故事的一部分。这里曾经有音乐。在人们的生活中有着某种悲情元素，就像音乐中的重复元素。在我母亲、克丽丝蒂娜和你之间，曾有纽带一般的音乐。很可能是音乐告诉了你们什么无法用言行表达的东西，很可能你们也用音乐彼此诉说了什么。音乐向你们彻底表白了另一个人的话，而对我们这些另类，对我和父亲来说，却根本听不懂。所以我们孤独地坐在你们中间。而音乐却向你，向克丽丝蒂娜倾诉，你们可以这样交谈，即使克丽丝蒂娜与我之间不再有任何的交流。我憎恨音乐。”他稍稍提高一些音调，这天晚上，他第一次由于激动而嗓音沙哑，“我憎恨这种旋律性的、令人费解的谈话，只有某一类人能够借助于音乐彼此交谈，聊一些无拘无束、无规无矩的话，的确，有的时候我甚至认为，他们通过音乐谈一些不体面、不道德的事。你看看那些面孔，它们在听音乐时会发生多么奇妙的变化啊。话说回来，克丽丝蒂娜和你并不需要求助于音乐——我不记得你俩演奏过四手联弹，你从来不当着克丽丝蒂娜的面弹钢琴，至少有我在场时从来没有。看来，克丽丝蒂娜是出于羞涩和谨慎，才避免当着我的面跟你一起听音乐。看起来音乐好像没有任何词语表达的功效，实际上很可能有另一种更危险的功效，既然音乐能够如此触动人心，那么这些人不仅根据对音乐的欣赏力，还根据血缘和命运凝聚到一起。你不这样认为吗？”

“我恰恰这样认为。”客人应道。

“这话令人欣慰，”将军和悦地说，“克丽丝蒂娜的父亲也这样认为，他是真懂音乐的人。因为他是仅有的一位——有一次，而且是仅有的一次——跟我谈过一切的人，谈论音乐，谈论你和克丽丝蒂娜。当时他已经很老了；我们谈话之后没过多久，他就去世了。当时我刚从战场上归来。克丽丝蒂娜也已经去世十年了。那时候，对我来说重要的人不是死了，就是走了，我的父母，你和克丽丝蒂娜。只剩下两位老人还活着，乳娘妮妮和克丽丝蒂娜的父亲，老人们怀着某种特别的冷漠和力量，抱着令人费解的目的活着……就跟我们现在一样。所有的人都死了，我也已经不再年轻，年近半百，我是那么孤独，就像是我家森林空地上的那棵老树，周围的树木被战争爆发第一天的暴风雨夷为平地，只在林中猎屋前孤孤单单地留下一棵。二十多年来，新树林的嫩芽已将它环绕，但那棵树属于往日的时光，一场从天而降的‘风灾’狂怒施虐，推倒了周围与它息息相关的所有一切。那棵树，你看，它还活着，幸存至今，带着一股巨大的、无法解释的力量。它的目的是什么？……没什么。只是想活下来。看起来，所有活着的生命，除了尽可能活得更久和焕发青春之外，没有其他目的。总之，我那个时候从战场回来，跟克丽丝蒂娜的父亲进行了交谈。谈到我们三个的事，他都知道些什么？他全都知道。我把一切都告诉了他，他是唯一一个我值得向其倾诉的人。我们坐在昏暗的房间里，坐在老家具和旧乐器中间，书架上，柜橱里，到处堆着乐谱，音符里记录着无声的音乐，这是印刷的嘶鸣和呼啸，整个世界的音乐文学，潜伏在他的房间里，那里到处散发着陈旧的气味，像是在这间屋内所度过的生命的气味，已丧失掉所有人的特征……他听我讲完，只说了一句：‘你想怎么样？你活了下来。’他这话的语气像做出判决。或者说，像是一种指控。他用几近失明的目光望着前方，望着昏暗，他已经非常衰老，八十多岁了。那时候我才明白，一个活下来的人，没有权利提出指控。一个人经历了什么并活了下来，本身就已经打赢了官司，没有权利和理由进行指控；想来，他更强大、更狡黠、更专横。就像我们两个。”他简短直白地说。

两人对视，彼此端详。

“后来，克丽丝蒂娜的父亲也去世了，”将军说，“只有乳娘还健在，你在世界的某个角落，还有这座庄园和这片森林。我也从战争中幸存下来。”他知足地说，“我没想找死，无论在哪儿我都不急于往前冲：事实就是这样，我没有必要说别的掩饰。我觉得我还有事情要做。”他沉思了片刻，“许多人在我周围丧生，我见到五花八门的各种死亡，有的时候，我都惊愕于毁灭的可能性和多样性；因为死亡也像生命一样具有想象力。据统计，有一千万人在战争中丧生。世界在燃烧，燃着那么大的火，冒着那么浓的烟，以至于有时候让人以为，所有个体的怀疑、个体的烦恼和愤怒都能在硝烟中化为灰烬……可是并没有化为灰烬。即使身处人类最巨大的苦难中我也知道，我还有一些私事要做，因此，我既不胆小，也不勇敢，从课本上的词义讲，我不；即使在冲锋陷阵时，我也很平静，因为我知道，我不会遇到真正的倒霉事。终于有一天我从战场上回家，这一天我已经期待了很久。

时光荏苒，世界再次焚烧起来；我知道，这是同样的战火，只是再次爆发而已……在我的心灵里揣着同样的谜团，两次战争和时间的所有沉积物都不能埋掉这个谜团。世界又在焚烧，数以百万计的人遭受涂炭，在这疯狂的世界里，你还是找到了一条路。你，从对岸，再次回到这里，为了跟我了结四十一年前我们未能了结之事。人的天性就是这样强大：不能作为另一个人活着，要对他所认为的‘生活的真正问题’予以回答或得到答案。所以你回到这里，所以我等你回来。也许，这个世界的末日到了。”他轻声说着，并用一只手在自己周围画了个圈，“也许，这个世界上的光就要熄灭，就像今晚窗外山林上空的漆黑夜幕，好似发生了某种天灾，已经不再是战争，要比战争更可怕；在世界的各个角落，人们在心里也觉察到什么，现在心急火燎，迫不及待，要立即了结必须要了结的事，要立即说出必须要说的话。有许多迹象说明这个。也许……”他冷静地说，“也许，我们熟悉了的、我们与生俱来的生活方式，这幢房子，这顿晚餐，是的，还有我们今晚谈论的关于我们生命困惑的这些话，所有这一切都已成为过去。在人们的心里有太多的焦虑，太多的愤怒，还有报复。让我们看看自己的内心，都能找到些什么？愤怒，虽然随着时间的流逝变得悠远暗淡，但却余烬难熄。为什么我们对世界和人们抱着别样的期待？我们两人虽然智慧，但已衰老，已经处在生命的尽头，我们也想报复……报复，报复谁呢？相互报复，或在记忆中报复那些已经不在世的人。愚蠢的愤怒，还是潜伏在我们心底。这个世界充满了无知、贪婪、愤怒和暴力，年轻人的手指被其他民族的年轻人用刺刀削尖，陌生者用皮带鞭挞彼此的脊背，过去的规定和协议全部作废，只有愤怒存在并且燃烧，烧到天际……是的，报复。我从战场上回来了，本来在那里我有死的机会，但我没死，因为我等待报复。怎么报复？”这时他问，“哪种报复？……我从你的眼神里看出，你不理解这种报复的欲望。在两位行将入土的老人之间，还有什么报复的可能？……所有的人都死掉了；报复还有什么意义？……你的眼神在这样问我。让我回答你吧，这就是我的回答：是的，那也要报复。无论在和平时期还是战争年代，在过去了的四十一年里，正是这个让我活了下来，我就因为这个才没有自杀，也没杀别人，谢天谢地，我从来没杀过任何人。现在，正像我期待的那样，报复的机会到了。我说的报复就是：你来找我了，穿越战火中的世界，渡过矿藏丰富的海洋，你来到这里，来到事发现场，为了回答我的提问，为让我们两个人都了解真相。这就是报复。现在轮到你回答了。”

最后这句话他说得很轻：客人为了能够听清，稍微往前欠了欠身子。

“可能吧，”康拉德说，“可能，你是对的。你问吧。也许我能够回答你。”

烛火已经熄灭，院子里，树木间，轻轻吹着黎明的风。屋内的四周一片漆黑。

17

“我问你两个问题。”将军说，也欠了欠身子，他用耳语般的声音亲热地说，“在过去等你的四十一年里，这两个问题我早就想好了。这两个问题只有你能回答。我看得出来，你以为我想知道，是不是我弄错了？在那天早上打猎时，你是不是真有意杀了我？那是否只是一个幻觉？归根结底，最终什么也没有发生。再出色的猎手，也有本能失误的可能。另一个问题，你以为我会问你：那时你是不是克丽丝蒂娜的情人？用人们常说的话讲，你是不是欺骗了我？从字面上最现实、狭隘、粗鄙的意义来讲，她是否欺骗了我？不，我的朋友，我对这两个问题早就不再感兴趣。对于这个问题，你做出了回答，时间也做出了回答，克丽丝蒂娜也以她自己的方式做出了回答。所有人都已经回答了，你是用打猎第二天的逃跑回答的，你逃离城市，逃离我们，放弃了你的使命，正如过去人们所说，‘丢掉了旗帜’，那时候人们还相信言语的真正意义。我不会问这个，因为我清楚地知道，那天早上你想杀我。我说这个不是出于指责，而是对你的同情。当诱惑掌控了一个人的生命，当一个人举枪要杀死一个与他关系密切、与他有内心联系，但出于某种理由应该杀死的人时，那一刻肯定非常可怕。因为就在那一刻，这事发生在你的身上。你不否认吗？……你怎么不说话？……黑暗中我看不到你的脸……现在没必要点新的蜡烛，即使在黑暗中我们也彼此熟悉，相互理解。现在，这一刻，报复的时刻终于到了。让我们面对它吧！在过去的几十年里，我从来没有，一秒钟都没有怀疑过，那天早上你想杀我，而且始终因为那一刻而同情你。我清楚地知道你当时的感觉，我仿佛置身于你的处境，经历了那个毛骨悚然的诱惑时刻。那是一个谵妄的时刻，是幽冥世界的力量仍统治着大地、黑夜在人心里发出魔鬼叹息的黎明时刻。危险的时刻。我很清楚。但这一切已属于警方的材料，你看……假如我清楚地知道那些我真心理解的事情，那么我该怎样对待这些刑侦案般的真相呢？我又该怎样对待那套单身公寓室闷的秘密、那个通奸的该死事实、那些陈腐霉烂的幽室秘密，以及那些死者的和正跌跌撞撞迈向死亡的老家伙们的隐私记忆呢？假如现在，在生命行将结束时，我要你提供所有能够证实通奸和杀人未遂的证据，逼你供认那些连法律都认定已经过时了的、曾经发生或曾经可能发生过的事情，那将是一桩多么荒谬、丢人的案子呀！……所有这一切会很不光彩，有损于你我，有辱于我们的童年时代和我们的友谊。让你仔细讲出所能讲出的一切，或许能让你如释重负？不，我不想让你变得轻松。”他平静地说，“我想了解的真相，对我来说并不是那陈旧、蒙尘的刑侦事实，也不是早已死掉、腐烂了的女人身上往日的激情和诓骗的秘密……现在，那副躯体早已不在，这些对我们来说，对她的丈夫和情人来说能有什么意义？我们都是风烛残年的老朽之人，再在一起谈一次往事，尽量弄清真相，然后寿终正寝。我死在家里，将自己的骨骸跟我祖先的骨骸埋到一起，你死在世界的某个角落，伦敦郊外或热带雨林？人到了迟暮之年，还有什么必要计较真相、假相、欺骗、背叛、杀人未遂或杀人本身？还有什么必要计较我的妻子——我一生中唯一的最爱和希望——克丽丝蒂娜，曾跟你一起骗过我多少次？……

即使你说出那些可悲可鄙的真相，即使你承认一切，准确地道出你们是如何开始的，是怎样的妒忌、怨恨、恐惧和忧愁驱使你们投入彼此的怀抱，你怀抱她时有什么感受，以及那些年里，在克丽丝蒂娜体内和灵魂深处，究竟涌动着怎样的复仇和负罪感……这一切能有什么价值？到头来，一切都变得简简单单——所有的一切，过去和过去可能发生过的一切。所有曾经的事实，将变得比尘埃和灰烬还轻。所有在我内心烧灼，让我们觉得难以忍受、痛不欲生或想要杀人的东西——因为我也熟悉那种感觉，我也亲历了终极的诱惑时刻，在你走后不久，在我和克丽丝蒂娜独处时——那一切都将比在墓地上空被风肆意吹卷的尘埃还轻。谈这些事情既让人羞耻，也过于轻率。这一切我都知道，清楚得如同刑侦报告中记录的细节。我可以像法庭上的检察官一样向你陈述案件材料：之后又能怎么样？……我又能拿这类低廉的真相、一个已经不存在了的肉体秘密怎么样？究竟什么是我们对所爱之人期待的忠诚？我老了，在这个问题上我已经想过很多很多。忠诚难道不是某种自私？自私和虚荣，就跟生活中人们绝大多数别的事情和需求一样？当我们要求另一个人忠诚时，我们有没有想过让那个人幸福？

如果在忠诚的温柔囚禁中不能够幸福，我们是否还爱这个我们要求他忠诚的人？假如我们爱另一个人却不能让他幸福，我们有没有权利要求他什么，要求他忠诚或者牺牲？现在，在生命中的最后阶段，假如有人在克丽丝蒂娜离开你住所时向我提问的话，我是否还敢像四十一年前那样断然回答这些问题？她在我之前也经常去那儿，你之所以不遗余力地把那儿布置成那样，就是为了能在那儿接待克丽丝蒂娜，在那里，我生命中最亲密的两个人竟这般无耻、这般庸俗，是的，我现在感觉遭到如此乏味的背叛和欺骗……因为发生了这样的事，”他面无表情地说，语调显得心不在焉，闷闷不乐，“人们将这一切称为‘欺骗’，两个人的肉体对一种境遇和第三者进行痛苦、乏味的反叛，在生命的终点回首这些，实在平常得要命——平常得让人觉得可怜，就像一次事故或一个误解。那时候我并不懂得这些。我站在秘密的公寓里，盯着家具和沙发床，仿佛在搜查作案现场……的确，那个时候人还很年轻，被妻子和他唯一的朋友——那个比手足还亲的密友欺骗，自然会感到天塌地陷。他肯定会这样感觉的，因为恐惧、失望、虚荣的强大力量能够造成巨大的苦痛。但这个已经过去了……不可思议地消失了，当然不是一夜之间，肯定不是，那股愤怒许多年都不曾释解——但最终还是消失了，就跟生命一样。我回到庄园，走进我的房间，等着克丽丝蒂娜。我等着要杀她，或等着听她坦白真相，然后原谅她……不管怎样，我在等她。一直等到晚上，她都没来，于是我去了林中的猎屋。也许这很孩子气……现在，当我回首往事，当我想对自己和别人做出评判时，我意识到那股孩子气，感觉到那种傲慢、那种等待和那种隐退。但是人就是这样，你看，即使凭着理智和经验，也难以对抗自身天性的顽固偏执。这个现在你也知道。我去了猎屋，你熟悉那里，离这里不远，之后八年没见到克丽丝蒂娜。我只在她死后才又见到她。有一天清晨，我接到妮妮的传信：我可以回家去了，因为她已经死了。我知道她病了，知道有几位最好的医生为她看病——他们在庄园里住了好几个月，想方设法抢救她，他们这样说：‘我们已经竭尽当代医学技术的最大可能。’这是他们的原话。他们大概在傲慢与虚荣允许的范围内，确实用他们匮乏的知识做了一些努力。每天晚上，都有人向我汇报庄园里的情况，这样总共持续了八年，当克丽丝蒂娜还没有生病时就是这样，后来也是，当她决定要生病死掉。因为我相信，人对这种事也可以做出决定——我对此确信无疑。但我没有帮助克丽丝蒂娜，因为我们之间存在秘密，这是唯一不可能原谅的秘密，但在不适当的时候又不能揭开，因为无法知道在这样的秘密深处埋藏着什么。有种情况比死亡和痛苦还要糟糕……那就是一个人丧失了自尊。因此我害怕秘密，害怕克丽丝蒂娜、你和我之间的我们的秘密。有的东西能让人如此疼痛、受伤、焚烧，或许连死亡也不能解脱它：比如一个人或两个人伤害了我们心底的自尊，一旦失掉这种自尊，我们再不能作为一个人活下去。你会说，那是虚荣。是的，是虚荣……不管怎样，这种自尊终归是人类生命最深刻的内容。因此我害怕这个秘密。因此我们使用各种各样的解决方式，包括卑劣、懦弱的解决方式——让我们在生活中环顾一下，总能在人群中找到这类权宜之策：一个远走他乡，丢下他的所爱之人，因为害怕秘密；另一个则守口如瓶地留了下来，永远等待某种回答……我看到的就是这个。我经历的就是这个。这不是懦弱，不是，这是生命本能的最后防卫。我回到家，等到晚上，之后去了林中猎屋，在那里苦苦等了八年，等待一句话，一个口信。但是克丽丝蒂娜没有来。从猎屋到这儿，到庄园，驾车只有两小时的路。但这两个小时，这二十公里路，在空间和时间中对我来讲是更大的距离，可能要比对你来讲的热带还要遥远。我的秉性就是这样，我是这样长大的，一切是这样形成的。假如克丽丝蒂娜传一个信来——不管她传什么信来——她的愿望就可能实现。如果她想要我找你回来，我会立即动身，在地球上找你，叫你回来。如果她想要我杀你，我也会到海角天涯找到你，杀了你。如果她想离婚，我会离婚。可是她什么也不想。因为她也孤独一人，以她自己的方式，以女人的方式，她也受到她所爱之人的伤害；一个男人用逃跑伤害了她，逃避激情，不想跟她绑在一起焚烧，因为他明白那将是一场致命的灾难；另一个男人则用知道事实后的等待与沉默伤害了她。克丽丝蒂娜也有自己的性格，不过对她来讲，这个词的含义跟我们男人所理解的不同。那些年里，不仅在你身上，在我身上，在她的身上也发生了什么。命运降临到我们头上，将我们捕获，我们三个人都深受命运的煎熬。我整整八年没有过去看她。她整整八年没有叫我回去。刚才，在我等着你的时候——我等你来谈谈，我们必须得谈一次，因为我们都活不了太久了——我从乳娘嘴里知道了件事：我知道了，她在临死的时候叫过我，没有叫你……我对这个既不能说满足，也不能说不满，这个我要你好好记住。她叫过我，即使这没有太多的意义，但也意味着什么……但是我见到她时，她已经死了。她死得很美。她仍很年轻，孤独并没有让她变丑，疾病没能损害克丽丝蒂娜美丽的容颜，没能破坏她脸上亲切而严肃的和谐。这一切已经与你无关，”现在，他傲慢地说，“你活在大世界里，而克丽丝蒂娜死了。我活在孤独和愤怒里，而克丽丝蒂娜死了。她对我俩做出了她可能做出的回答；因为你看，死者的回答是最好的，终极而永久——有的时候我这样觉得，只有死者才能回答得最好、最完整。事情就是这样。八年之后，她除了死亡，还能说些什么？人死之后不能再讲话。她用死亡回答了所有的问题，假如生活做出另外一种安排，假如我们中的某一个人愿意交谈，你或我本可以解决那些问题。是啊，死者的回答是最好的。可是你看，她不想跟我们说话。有时我有这样的感觉，在我们三个人中，她是摊牌者，克丽丝蒂娜。既不是她跟你一起骗了的我，也不是跟她一起骗了我的你——欺骗，这个词太绝了！有一些类似的现成词汇，能被用来敷衍并机械性地定义人类的某种状态。但是假如一切终结，就像我们现在这样，这样的词汇对我们来说没多大意义。欺骗、不忠、背叛，一旦这些词所涉及的当事人已经死去，死亡便已代替死者对这些词汇的真正含义做出了回答，那它们仅仅是词汇而已。非词汇的东西，是无言的现实，即克丽丝蒂娜死了，我俩还活着。当我懂得这个道理时，为时已晚。除了等待和报复之外，我别无选择——现在，报复的时刻来到了，等待结束了，我吃惊地感到，我们彼此能够告知、能够坦白、能够说谎的一切都是这般不可救药，毫无价值——人们总是只理解现实。我理解了现实。时间的炼狱从记忆中吸走了所有的怨恨。有的时候，我又能看到克丽丝蒂娜，不管我是醒着还是在梦里，我看到她穿过花园，戴着那顶佛罗伦萨草帽，穿着紧身的白衣从暖房里走出来，或在跟她的马儿低语。我看到了她，就在今天下午我一边等你一边打盹时，我也看到了她。我是在半梦半醒之中看到的。”他用苍老的声音羞怯地说，“我看到她的各种影像，过去的，很早以前的。就在今天下午，我恍然理解了其实我心里早就已经理解了的事情：这种不忠，这种欺骗，你们两人的背叛。我理解了，对此我能说什么呢？……人会慢慢地衰老：首先是对生活和人的态度的衰老，你知道，人对于一切都会慢慢变得那么明白，会懂得万事万物的真谛，所有的一切都是如此可怕、乏味地周而复始。这也是衰老。当你已经知道，杯子什么也不是，只是杯子而已。一个人，一个可怜的家伙，其实什么也不是，不管他做什么，也只是个人而已，一个凡夫俗子……接着，你的身体变得衰老；不是一夜之间，不是的，先是你的眼睛发生变化，你的腿脚、肠胃或心脏开始衰弱。人就是这样，一部分一部分地逐渐变老。后来有一天，你的心灵开始变老：因为尽管肉体会变得虚弱和退化，心灵仍在欲求和回忆，寻找和愉悦，仍对快乐充满渴望。当这种快乐的欲望也消失了，除了记忆和虚荣，不再有别的；人在这种时候真的变得衰老，不可挽回，不可逆转。有一天你醒来后，揉揉眼睛：你已经不再知道，你到底为什么醒来了。日子所呈现的一切，你都精确地知道：春天或冬天，生活的场景，天气，日常程序。不会再发生任何意外之事：即便有突然发生、不同寻常、令人恐怖的事情也不会让你感到意外，因为你知道所有的可能，你能预算一切，无论好事坏事，你都毫无期待……这就是衰老。但还是有什么东西活在你心里，一份思念，一个模糊不清的生活目标，你想再次见到谁，想述说什么或知道什么，你心里很清楚，有朝一日，这一时刻将会到来，到了那时，知不知道真相，回不回答问题，都已不再像几十年的等待中你一直以为的那样至关重要。人们慢慢地理解世界，然后死去。理解世间万象和人类行为的缘由，还有下意识的手语……因为人们用手语表达自己的思想，你有没有注意到？就像一种外语，像用中文讲述一件重要的事情，随后要把这种语言翻译成现实生活中能懂的语言。人们对自己一无所知。他们总是谈论欲望，惶恐不安、下意识地掩饰自己。当你学会了人类的谎言，当你开始享受并且注意到人们总是口是心非、言不由衷，生活就会变得颇为有趣……是的，了解真相的那一天终会到来：就是这样，跟衰老和死亡一样自然。不过，这时候已经不再痛楚。克丽丝蒂娜骗了我，这话说起来就这么简单！……她偏偏跟你一起骗了我，这是多么可悲的反叛啊！是的，你别这样吃惊地看着我：我用遗憾的口吻跟你讲这些。后来，我了解了很多，并懂得了一切，因为时间将一些沉船的残骸，连同泄露真相的一些迹象都冲到了我孤独的岛屿上，我遗憾地回首往事，我在那里看到了你俩，两个反叛者，我的妻子和我的朋友，两个怀着负罪感、牙齿打战、因自责变得木讷的人，怀着忧郁的激情，沉闷寡欢、要死要活地向我反叛……可怜的人啊！我心里暗想。我不止一次地这样想。我想象那些约会的具体细节，在城市边缘的房子里，在一个不大可能秘密约会的小城内，那里既如船舱一样封闭，同时又有令人痛苦不堪的公开；得不到片刻安宁的情人，她的每个举动、每个眼神都在仆人、随从和周围人狡黠、狐疑目光的监视之下；那些在我面前胆战心惊的隐藏和躲避，那些以骑马、听音乐、打网球为借口的短暂销魂；还有那些林中散步，而我的猎手们则在那里警惕地巡查着形形色色的偷猎者……我想象你们心里充满的憎恨，当你们想到我时，当你们的每个举动时时刻刻都在我的权势、丈夫的权势、庄园主的权势、大贵族的权势、我得天独厚的社会和财产地位、我的仆人和军队的威胁之下，随时都会面临超乎一切的强大压力：义务，那些你们被责令承担的义务，即使你们爱、你们恨，但仍清楚地知道：离开我你们既不能美满地活着，也不能美满地死亡。你们是一对并不快乐的情人，你们可以欺骗我，但是不能离开我；虽然我是另一类人，我们三人的关系是那么紧密，就像几何方程结构的水晶。那天早晨当你举起猎枪想杀我时，你已经不堪重负，再不能忍受这种压力、躲藏和痛苦了……你该怎么办？你要娶克丽丝蒂娜吗？你必须放弃你的官阶，可怜的人，其实克丽丝蒂娜也很可怜，你们不能接受我的任何馈赠，不能，你不能带她一起逃走，因为你无法跟她一起生活，你娶不了她，而维持情人关系则是比死亡还危险的死亡陷阱：你时刻都要提防背叛和暴露，时刻都要避免向我坦白，恰恰向我，向你的朋友和兄弟。这种危险你忍受不了太久。终于有一天，在我俩之间酝酿并出现了一个貌似合理的时机，但你放下了猎枪；事后，我多次为那一刻感到由衷的遗憾。杀一个跟自己亲密的人，是一项极其艰巨而沉重的任务。”他用轻描淡写的语气说，“你没有足够的力量完成这项任务。那一刻过去，你无力再做任何尝试。因为就在那一刻——不仅是我们将行动和事件置于时间的坐标，时间本身也行动起来，一手接过了操控权。这种情况是有的，瞬间制造出一个机会，但这个机会有其精确的时限——那个瞬间一旦过去，你突然变得无能为力。你放下了猎枪。第二天早上你去了热带。”

他仔细地端详着自己的指尖和指甲。

“但是我们留了下来，”他一边端详一边说，好像在聊一件无足轻重的事，“我们留了下来，我和克丽丝蒂娜。

我们留在这里，一切都以一种中规中矩、令人费解的方式变得真相大白，借助于作用在人与人之间的知觉感应，即便周围并没有泄密者和告密的犹大。一切全都真相大白，因为你走了。我们留在这里，活了下来。我之所以能活下来，是由于你错过了那个瞬间，或者说那个瞬间使你错过——这两个其实是一回事；至于克丽丝蒂娜，一时没有别的办法，只能等待什么，也许她只想让我们保持沉默，我们两人，你和我，两个男人，两个都与她关系密切、都从她的路上闪开的男人。等待，一直等到懂得并理解沉默的真正意义。然后她死了。但我仍旧留在这里，既知道一切，也不知道一切。所以我必须活下来，等待得到答案。现在，这个时刻终于来到，我将知道问题的答案。请你回答吧：克丽丝蒂娜知不知道你在那天早上打猎时想杀死我？”

他冷静而平和地问，语调里带着一种紧张的好奇，就像孩子们向大人提问，要他们解释日月星辰和这个无法感知的世界的奥秘。

18

听到了提问，客人一动未动。他耷拉着脑袋坐在那儿，把脸埋在手心里，胳膊肘支在椅子的扶手上。这时他深吸了一口气，弓着身子，用一只手来回擦拭额头。他想回答，但是将军开口拦住了他。

“对不起，”他说，“你看，我说出来了，”他语速很快地说下去，语调激动，带着歉意，“我必须把它说出来，可是现在，当我说出来后，又觉得自己这样问不妥，让你陷入尴尬的境地，因为你想回答，你想告诉我真相，我这样问不好。我的问题听起来像是一个指控。我不否认，在过去几十年里，我心里始终有一个怀疑，怀疑在黎明的林中、在打猎时发生的那个时刻并非出于偶然，那个念头，那个时机，是来自地狱的邪恶时刻——这个怀疑很尴尬，因为在那个时刻到来之前，还曾有过许多别样的时刻，许多冷静、理智、阳光普照的白昼时刻。在得知你逃走之后，克丽丝蒂娜说了一句：‘这个胆小鬼！’那是我从她嘴里听到的最后一句话，也是她亲口对你做出的最后审判。我暗自记着这句话。胆小鬼，为什么胆小？——后来，很久之后，我反复琢磨这句话。这个胆小鬼，他对什么胆小？对生活吗？对我们三个人的共同生活，还是对他们两人的单独生活？莫非是对死亡胆小？因为他既不想跟克丽丝蒂娜一起生活，也不想跟她一起去死，是吗？……我这样猜测。也许他既不是对生活、对死亡、对逃跑、对欺骗胆小，也不是对从我手里夺走克丽丝蒂娜或对舍弃克丽丝蒂娜胆小，而是对别的什么事？莫非他是对某个非常简单、刑侦案类的事实胆小，而那个事实是他们两个，是我妻子和我最好的朋友事先说好并策划好的？莫非这个计划没有成功，是因为你胆小了？……这才是我想在有生之年能够得到答案的问题。但我刚才问得并不准确，对不起；所以当我看到你准备回答时，我拦住了你的话。因为从人类和世界的角度看，这个答案并不重要，但它对我来说非常重要，要知道，当那个曾经指责你胆小的人已经化成尘埃和骨灰之后，我是唯一一个仍想最终知道真相的人：我想知道那句话是什么意思？你到底对什么胆小了？因为假如这个回答能在我的疑问后画上个句号，那么我便知道真相；假如我没有充分的证据了解这个细节问题，那么我什么都不知道。我在既知道一切又一无所知的情况下活了四十一年，除了你，没有人能够帮助我。我不想这样不明不白地死去。否则还不如你在四十一年前没像克丽丝蒂娜判断的那样胆小，那样我或许更好受些，更有人的自尊；是啊，假如一枚子弹了结掉连时间都不能了结的怀疑，岂不更人道一些？我怀疑你们联手谋划要杀掉我，而你最终没有胆量执行。这个就是我想知道的。其他的一切都只是词语，骗人的想象：欺骗，爱情，阴谋，友谊，在这个疑问的强光下，一切都变得模糊不清，黯淡无光，像死人一样，或像被时光的阴影遮住形体的绘画。我已对其他的一切都不感兴趣，我不想知道你俩关系的真正性质，不想知道细节，我对‘为什么’和‘怎么样’不感兴趣。两个人，一个男人和一个女人之间，最终总是逃不过可怜乏味、一个模子里刻出来的‘为什么’和‘怎么样’……这类想象过于贫乏，令人不屑。总是‘因为这个’，总是‘如此这般’，因为可能，所以发生，真相不过如此。事后追究细节已毫无意义。但对实质和真相进行追究，还是有意义的，否则我因为什么活了下来？我因为什么受了四十一年的煎熬？我为什么等你——这种等待不同于等一位不忠的兄弟，不同于等一位逃跑的朋友，不，我等你的感觉就像一位既是法官又是受害人的人在等被告出庭。现在被告就坐在这儿，我在提问，他想回答。但是，假如他想如实回答，我提问的方式对不对？我是否已经告诉了他，告诉了罪犯和被告应该知道的一切？因为你看，克丽丝蒂娜已经做出了回答——不仅用死亡回答。有一天，在她去世许多年后，有一天夜里我找到了那个——对我来讲那是一个极其特殊的记忆，在打完猎后的那天夜里——我在她写字台的抽屉里没能找到的、包着黄色丝绒封面的日记本。当时那个本子找不到了，第二天你走了，我再没跟克丽丝蒂娜讲过话。后来，克丽丝蒂娜死了，你在远方活了下来，我也活着，在这栋房子里，我在克丽丝蒂娜死后搬回到这里，因为我想在我降生的这栋房子里，在我父母和祖先住过并死去的房子里活着并死去。现在这已经如愿进行，因为凡事都有自己既定的程序，这个程序并不取决于我们的意志。但是那个本子，那个包着黄色丝绒封面的日记本还以自己神秘的方式，活在从我们身边和头顶流逝的时间里，那本日记是一部与众不同的坦诚之书，是一个坦诚得可怕的自白，是克丽丝蒂娜的爱情、困惑、恐惧和隐秘内心的无条件自白。它还活着，而且后来被我找到，在很久后的一天，我是在藏有克丽丝蒂娜遗物的盒子里找到的，盒子里珍藏着她母亲画在象牙上的画、她父亲的收藏印、一枝干枯的兰花——那是我以前送给她的——和这个用蓝绸带缠着的黄皮本。绸带折叠处盖了她父亲的收藏印。这本书在这儿，”将军边说边抽出本子，递给朋友，“这是克丽丝蒂娜留下来的。我从来没有打开过绸带，因为没有克丽丝蒂娜的书面许可，她没就这件遗物留下遗嘱，甚至无法知道这本自白书是她从另一个世界寄给我的，还是寄给你的？真相很可能就在这本书里，因为克丽丝蒂娜从不说谎。”他的语调敬重、严肃。

但是，朋友没有伸手去接。

康拉德把头埋在手心里，一动不动地坐着，望着那本窄长的、包着黄色丝绒封面、缠着蓝色绸带、盖着蓝色火漆蜡封印的日记本。他没有动弹，就连睫毛都没有眨一下。

“你想我们一起读克丽丝蒂娜捎来的消息吗？”将

军问。

“不想。”康拉德说。

“你是不想，还是不敢读？”将军像上司一样用冰冷、傲慢的声音问。

长达几分钟，两个人目不转睛地盯着将军递向康拉德的那个本子；在这几分钟内，将军的手没有发抖。

“这个问题，”客人终于开口说，“我不回答。”

“我懂了。”将军说。他的声音显得格外得意。

他用了一个缓慢的动作，将窄长的日记本投进壁炉内的柴烬里。烬火在黑暗中开始发红，发光，将牺牲品捕获，慢慢地冒着浓烟将本子吞噬，炉灰里出现几簇微小的火苗。他们一动不动地看着：火苗开始摇曳，已经燃烧起来，仿佛为突如其来的战利品高兴不已，开始呼吸，开始闪烁，炉火蹿得很高，封印的蜡已经熔化，黄丝绒冒着刺鼻的烟在燃烧，象牙白的纸页仿佛被一只无形的手抓着，克丽丝蒂娜的笔迹一下子消失在火焰中，那些锐利的、毛刺样的字母，像是一只老朽的手在很久以前划拉到纸上的，现在字母、纸和书，就跟很久以前曾将字母写满纸页的那只手一样化成了灰烟，只在烬火的中央留下乌黑的纸灰，丝绸一般，有如治丧常用的黑色布料，波纹绸。他们专注、无言地望着那片绸缎般的黑灰。

“现在你可以回答我的问题了，”将军说，“再不会有可能反驳你的证人了。那天早上你在林中想杀我的事，克丽丝蒂娜知道不知道？你回不回答？……”

“现在我对这个问题也不想回答。”康拉德说。

“那好。”将军黯然应道，神情淡漠。

19

屋里变凉。天还没破晓，透过窗户，可以感觉到黎明时分麝香草豆腥味的气息。将军冻得搓了搓手。现在，在黎明前半小时的昏暗之中，两个人都显得格外衰老：面色枯黄，瘦骨嶙峋，像是摆在人骨教堂里的骷髅。

客人突然机械地抬了下手，用昏花的目光朝腕上的手表瞅了一眼。

“我想，”他低声说，“现在，我们该谈的都已经谈了。我得走了。”

“你要是想走，车在门外等着。”将军和悦地说。

两个人都站了起来，不由自主地走到壁炉跟前，弓着腰，将瘦削、冰冷的手伸向炉膛的烬火。他们现在才感觉到冷，禁不住打战；夜里的气温突然降低，暴风雨已在山下小城的上空浇灭了万家灯火，正朝庄园这边扑来。

“你回伦敦？”将军像是自言自语。

“对。”客人回答。

“你想住在那儿吗？”

“住在那儿，并死在那儿。”康拉德说。

“哦，”将军沉吟片刻，“当然了。你不想留下来过夜吗？不想看看什么？不想见见谁吗？你还没有去过墓地。也还没有见到妮妮。”他殷勤地说。

将军欲言又止，似乎想找一句得体的话告别，但没有找到。但是客人仍很平静，从容地回答。

“不了，”康拉德说，“我谁都不想见，什么也不想看。代我问妮妮好。”他礼貌地说。

“谢谢。”将军应道。他们朝门口走去。

将军把手搭在门柄上。他俩就这样四目相对，彬彬有礼，上身稍微有点前弓，准备告别。两个人都再次环顾了一下房间，感觉再也不会跨进这里。将军眯起眼睛用昏花的目光环视了一周，仿佛是在寻找什么。

“蜡烛，”他的视线落在壁炉台上烛台中冒烟的烛烬，颇有意味地说，“你看，蜡烛已经燃成烬了。”

“两个问题，”康拉德用黯然的嗓音突然问，“你刚才说，你有两个问题。第二个是什么？”

“第二个？”将军应道。他们彼此弓腰，就像两个年迈的同谋，害怕夜里的影子，担心墙上长了耳朵。“第二个问题？”他自言自语地重复了一遍，“可以，如果你连第一个问题都没有回答……你看，”他用很小的声音说，“克丽丝蒂娜的父亲指责我活了下来。他的意思是，我经历了一切并活了下来。因为，人们不仅只用死亡回答，尽管死亡是一种理想的回答，但也可以用活下来回答。我们两个都活过了这个女人。”他亲密地说，“你逃跑了，活了下来；我留在这里，活了下来。我们两个都活了下来，怯懦或盲目、愤怒或明智地活了下来，这是事实。难道你没有想过，我们活下来是有原因的？……难道你没有想过，到头来是我俩对她欠下了某种来世的责任？她毕竟比我俩更完美一些，更有人情味——她更完美，因为她死了，换句话说，她对我俩做出了回答，而我们却活了下来，这个没有什么好美化的。这就是事实。谁活过了别人，谁就是背叛者。我们觉得，我们应该活下来，这个也没什么好美化的，因为恰恰是这个要了她的命。她死于你的远离，死于我留在这里却不理她，死于她生活中最亲密的两个男人都比一个女人所能忍受的程度更可鄙、更自傲、更胆怯、更虚夸、更沉默，我们用活下来出卖了她。这就是真相。这个你应该将会知道，当你在伦敦，抵达生命的终点，在最后时刻，孤身一人。我也将会知道，在这幢房子里：现在我就已经知道了。我们活过了一个我们很爱的人，为了她我们甚至曾想杀人；我们活过了一个跟我们很亲密的人，为了她我们差一点丧命，这本身就是生活神秘而残酷的罪行之一。法典里没包括这项罪责。但是我俩心知肚明。”他用干涩的嗓音平静地说，“我们还清楚地知道，我们无法用自己愤怒、怯懦和精明的城府为任何事情开脱，因为她死了，我们活了下来，在我们三人之间，无论活着还是死去，彼此都纠缠不清。这个很难让人理解，一旦理解，会更焦虑不安。你为什么想活下来，你以此赢得了什么？你摆脱了尴尬的处境吗？假如生活的真相是，世界上有一个与你亲密的女人，她是与你同样亲密的朋友之妻，那还在乎什么处境不处境的？那还在乎什么别人怎么想这件事？什么都不重要。”他简单明了地说，“最终，除了留在我们心里的东西，世界上什么都不重要。”

“什么东西，”客人反问，“留在我们心里？”

“另一个问题，”将军回答，他始终没转动房门的把手，“另一个问题是，凭着我们的精明、傲慢和优越感，我们到底赢得了什么？另一个问题是，对这位早已过世的女人的痛苦迷恋，难道不是我们生命的真正内容吗？我知道这是一个很难的问题。我答不出来。我经历了一切，见识了一切，但对这个问题还是答不出来。我见过和平，见过战争，见过贫困，见过荣华，见过你的胆怯和我的傲慢，见过战斗与谈判。但是在生命的深处，我们所有行为的意义，可能还是这种与某人的纠葛——纠葛或激情，随你怎么叫它。就这个问题吗？对，就这个问题。我希望你能够告诉我。”他继续压低嗓音说，仿佛担心有谁站在他身后偷听，“你对这个有什么看法？你是否也这样认为，生命的内容不是别的，而是那股有一天打动了我们的内心和灵魂，之后永远燃烧到死的激情？不管在这期间发生了什么？如果我们经历了这个，或许我们就没有白活？难道激情真是如此深邃、如此邪恶、如此伟大、如此没有人性？或许它并不是针对个人而言，只是针对欲望？……就是这个问题。也许，它还是针对个人而言，永远总是仅仅针对一个有可能好、也有可能坏的神秘个体，但激情的内在实质并不取决于其行为和品质？如果你能回答，我洗耳恭听。”他提高了嗓音，换了一种要求的语调。

“你为什么要问？”对方平静地说，“你很清楚，是这样的。”

他们面面相觑，从头到脚地上下打量。

将军的呼吸变得窘迫。他转动了把手。在高大的楼道里，影子晃动，烛光摇曳。他们一声不响地走下楼梯，几个男仆赶忙举着蜡烛，拿着大衣和礼帽迎了过来。在对开的大门前，车轮在白色鹅卵石路面上碾得咯吱作响。他俩默默告别，无言地握手；两个人全都深深叹息。

20

将军走向自己的房间。乳娘等在长廊的尽头。

“现在你感到平静些了？”乳娘问。“是的。”将军说。

他俩一起朝卧室走去。乳娘迈着碎步走得很快，好像现在刚刚起床，急匆匆地赶去做黎明的工作。将军拄着拐杖，缓慢踱步，穿过挂满画框的长廊。在那块原本挂着克丽丝蒂娜肖像的空白墙壁前，将军收住了脚步。

“那幅画，”他说，“现在你可以把它挂回去了。”

“好的。”乳娘应道。

“没那么严重。”将军说。

“我知道。”

“晚安，妮妮。”

“晚安。”

乳娘挺直身子，用那只肤色枯黄、瘦骨嶙峋的小手在老将军的额头画了个十字。他们相互吻别。这个吻反常、短促、特别：假若有谁看到，肯定会微笑。但是如同所有人类的吻，这也是回答，以其怪异而温柔的方式，回答一个难以言表的问题。

后记

流亡的骨头

余泽民

1

我第一次看到并记住了马洛伊·山多尔（Márai Sándor）这个名字，是在2003年翻译匈牙利诺奖作家凯尔泰斯的《船夫日记》时。凯尔泰斯不仅在日记中多次提到马洛伊，将他与托马斯·曼相提并论，称他为“民族精神的哺育者”，还抄录了好几段马洛伊的日记，比如，“谎言，还从来未能像它在最近三十年里这样地成为创造历史的力量”；“上帝无处不在，在教堂里也可以找到”；“新型的狂热崇拜，是陈腐的狂热崇拜”……句句犀利，睿智警世。

我开始买马洛伊的小说读，则是几年后的事。原因很简单，我在给自己翻译的匈牙利作品写序言时，发现我喜欢的作家们全都获得过“马洛伊·山多尔文学奖”，包括凯尔泰斯·伊姆莱（Kertész Imre）、艾斯特哈兹·彼得（Esterházy Péter）、克拉斯诺霍尔卡伊·拉斯洛（Krasznahorkai László）、纳道什·彼得（Nádas Péter）、巴尔提斯·阿蒂拉（Bartis Attila）和德拉古曼·久尔吉（Dragomán György）。可以这么说，当代匈牙利作家都是在马洛伊的精神羽翼下成长起来的，所以我觉得应该读他的书。

我读的他的第一本小说是《反叛者》，描写了第一次世界大战后一群对现实社会恐惧、迷惘的年轻人试图远离成年人世界，真空地活在自己打造的世外桃源，结果仍未能逃出成年人的阴谋。第二本是《草叶集》，是一位朋友作为圣诞礼物送给我的，后来我又从另一位朋友那里得到一张这本书的朗诵光盘。坦白地说，《草叶集》里讲的生活道理并不适合所有人读；准确地说，只适合有理想主义气质的精神贵族读，虽是半个世纪前写的，却是超时空的，从侧面也证明了一个事实，什么主义都可能过时或被修正，但理想主义始终如一。我接下来读的是《烛烬》《一个市民的自白：考绍岁月》《一个市民的自白：欧洲苍穹下》，这使我彻底成为马洛伊的推崇者。也许，在拜物的时代，有人会觉得马洛伊的精神世界距离我们有点遥远，跟我们的现实生活格格不入，但至少我自己读来感觉贴心贴肺，字字抵心。马洛伊一生记录、描写、崇尚并践行的人格，颇像中世纪的骑士，用凯尔泰斯的话说是“一种将自身与所有理想息息相牵系的人格”。

十年前，译林出版社与我联系，请我推荐几部马洛伊的作品，我自然推荐了自己喜欢的几本，并揽下了《一个市民的自白：考绍岁月》《一个市民的自白：欧洲苍穹下》《烛烬》《一个市民的自白：我本想沉默》的翻译工作，而《伪装成独白的爱情》《草叶集》《反判者》则分别由郭晓晶、赵静和舒荪乐三位好友担纲翻译。译林引进的这几本书中，《烛烬》和《伪装成独白的爱情》，台湾地区曾出过繁体中文版，但是从意大利语转译的，有不少误译、漏译和猜译之处，马洛伊的语言风格也打了折扣，不免有些遗憾。当然这不是译者的过失，是“转译”本身造成的。所以，值得向读者强调的是，译林推出的这套马洛伊作品，全部是从匈牙利语直译的，单从这个角度讲也最贴近原著，即使读过繁体中文版的读者也不妨再读一遍我们的译本，肯定会有新的感受。

2

马洛伊·山多尔是20世纪匈牙利文坛举足轻重的小说家、诗人和剧作家，也是20世纪历史的记录者、省思者和孤独的斗士。马洛伊一生追求自由、公义，坚持独立、高尚的精神人格，他经历了第一次世界大战、第二次世界大战和冷战的风风雨雨，从来不与任何政治力量为伍，我行我素，直言不讳，从来不怕当少数者，哪怕流亡也不妥协。纵观百年历史，无论对匈牙利政治、文化、精神生活中的哪个派别来说，马洛伊都是一块让人难啃却又不能不啃的硬骨头，由于他的文学造诣，即便那些敌视他的人，也照样会读他的书。无论是他的作品，还是他的人格，对匈牙利现当代的精神生活都影响深远。

1900年4月11日，马洛伊·山多尔出生在匈牙利王国北部的考绍市（Kassa），那时候还是奥匈帝国时期。考绍市坐落在霍尔纳德河畔，柯伊索雪山脚下，最早的文献记录见于13世纪初，在匈牙利历史上多次扮演过重要角色。马洛伊的家族原姓“格罗施密德”（Grosschmid），是当地一个历史悠久、受人尊重的名门望族，家族中出过许多位著名的法学家。18世纪末，由于这个家族的社会威望，国王赐给了他们两个贵族称谓——“马洛伊”（Márai）和“拉德瓦尼”（Ládványi）。

马洛伊在《一个市民的自白：考绍岁月》中这样描述自己的家庭：“我走在亡人中间，必须小声说话。亡人当中，有几位对我来说已经死了，其他人则活在我的言行举止和头脑里，无论我抽烟、做爱，还是品尝某种食物，都受到他们的操控。他们人数众多。一个人待在人群里，很长时间都自觉孤独；有一天，他来到亡人中间，感受到他们随时随地、善解人意的在场。他们不打搅任何人。我长到很大，才开始跟我母亲的家族保持亲戚关系，终于有一天，我谈论起他们，听到他们的声音；当我向他们举杯致意，我清楚地看到他们的举止。‘个性’，是人们从亡人那里获得的一种相当有限、很少能够自行添加的遗产。那些我从未见过面的人，他们还活着，他们在焦虑，在创作，在渴望，在为我担心。我的面孔是我外祖父的翻版，我的手是从我父亲家族那里继承的，我的性格则是承继我母亲那支的某位亲戚的。在某个特定的时刻，假如有谁侮辱我，或者我必须迅速做出某种决定，我所想的和我所说的，很可能跟七十年前我的曾外祖父在摩尔瓦地区的磨坊里所想的一模一样。”

马洛伊的母亲劳特科夫斯基·玛尔吉特是一位知识女性，年轻时毕业于高等女子师范学院，出嫁之前，当了几年教师。父亲格罗施密德·盖佐博士是著名律师，先后担任过王室的公证员、考绍市律师协会主席和考绍市信贷银行法律顾问，还曾在布拉格议会的上议院当过两届全国基督民主党参议员。马洛伊的叔叔格罗施密德·贝尼是布达佩斯大学非常权威的法学教授，曾为牛津大学等外国高校撰写法学专著和教科书，其他的亲戚们也都是社会名流。马洛伊的父母总共生了五个孩子，马洛伊·山多尔排行老大，他有个弟弟盖佐，用了“拉德瓦尼”的贵族称谓为姓，是一位著名的电影导演，曾任布达佩斯戏剧电影学院导演系主任。对于童年的家，马洛伊在《一个市民的自白：考绍岁月》中也有详尽的描述，工笔描绘了帝国末年和两次世界大战之间东欧市民生活的全景画卷。

3

在马洛伊生活的时代，考绍市是一个迅速资本主义化的古老城市，孕育了生机勃勃的“市民文化”，作家的青年时代就是在这样的环境里度过的。自身的经历为他的创作提供了丰富的素材，形成了他作品的基调，并决定了他的生活信仰。在马洛伊的小说里，“市民”是一个关键词，也是很难译准的一个词。马洛伊说的“市民”和我们通常理解的城市居民不是一回事，它是指在20世纪初匈牙利资本主义的黄金时代形成的一个特殊社会阶层，包括贵族、名流、资本家、银行家、中产者和破落贵族等，译文中大多保留了“市民”的译法，有的地方根据具体内容译为“布尔乔亚”、“资产阶级”或“中产阶层”。

在匈牙利语里，市民阶层内还分“大市民”和“小市民”。前者容易理解，是市民阶层内最上流、最富有的大资本家和豪绅显贵；后者容易引起误解，并不是我们所说的“小资”或“小市民”，而是指中产者、个体经营者和破落贵族，而我们习惯理解的“小市民”，则是后来才引申出的一个含义，指思想局限、短视、世俗之人，但这在马洛伊的时代并不适用。因此，我在小说中根据内容将“小市民”译为“中产者”、“破落者”或“平民”，至少不带贬义。马洛伊的家庭是典型的市民家庭，有较高的社会地位，家境富裕，既保留奥匈帝国的贵族传统，也恪守市民阶层的社会道德，成员们有很高的文学、艺术修养，孩子们被送去接受最良好的教育。

马洛伊在十岁前，一直跟私教老师学习，十岁后才被送进学校。青少年时期，马洛伊先后四次转学，每次的起因都是他反叛的性格。有一次，他在中学校刊上发表了一篇文章，提到了天主教学校的老师们惩罚手执手杖、头戴礼帽、叼着香烟在大街上散步的学生，结果遭到校长的训诫，马洛伊愤怒之下摔门而去，嘴里大喊：“你们将会在匈牙利文学课上讲到我！”还有一次转学，是因为他离家出走。

1916 年 11 月 21 日，马洛伊正在国王天主教中学上文学课，校长走进教室宣布：“孩子们，全体起立！国王驾崩了！”过了一会儿又说:“你们可以回家了，明天学校放假。”马洛伊后来回忆说：“在这个重要的历史时刻，我们由衷地高兴。我们并不清楚弗朗茨·约瑟夫国王的死意味着什么。国王死了，国王万岁！”马洛伊就是一个倔强、自信的早慧少年，不但学会了德语、法语和拉丁语，而且很早就在写作、阅读和口头表达能力方面表现出超群的天赋。1916年，他第一次以“萨拉蒙·阿古什”（Salamon Ákos）的笔名在《佩斯周报》上发表了小说处女作《卢克蕾西亚家的孩子》，尽管学校教师对这个短篇小说评价不高，但对酷爱文学的少年来讲，这无疑是一个巨大的鼓舞。从这年起，他开始使用家族的贵族称谓“马洛伊”。

1918年1月，成年的马洛伊应征入伍，但由于身体羸弱没被录取，后来证明没被录取对他来说是一种幸运：没过多久，一战爆发，马洛伊有十六位同班同学在战场上阵亡。同年，马洛伊搬到了布达佩斯，遵照父亲的意愿，在帕兹马尼大学法律系读书，但一年之后他就厌倦了枯燥的法学，转到了人文学系，接连在首都和家乡的报刊上发表文章，并出版了第一部诗集《记忆书》，深获著名诗人、作家科斯托拉尼·德热（Kosztolányi Dezsö）的赏识。科斯托拉尼在文学杂志《佩斯日记》中撰写评论，赞赏年轻诗人“对形式有着惊人的感觉”。但是，此时的马洛伊更热衷于直面现实的记者职业，诗集出版后，他对诗友米哈伊·厄顿（Mihályi Ödön）说，他之所以出版《记忆书》，是想就此了结自己与诗歌的关系，“也许我永远不会再写诗了”。

4

马洛伊中学毕业后，一战也结束了。布达佩斯陷入革命风暴和反革命屠杀。一是为了远离血腥，二是为了彻底逃离家庭的管束，马洛伊决定去西方求学。1919 年 10 月，他先去了德国莱比锡的新闻学院读书，随后去了法兰克福（1920）和柏林（1921）。在德国，他实现了自己的记者梦，为多家德国报刊撰稿，最值得一提的是，年仅二十岁的他和托马斯·曼、亨利希·曼、西奥多·阿多诺等知名作家一起成为《法兰克福日报》的专栏作家；同时，他还向布拉格、布达佩斯和家乡考绍市的报纸投稿。“新闻写作十分诱人，但我认为，在任何一家编辑部都派不上用场。我想象的新闻写作是一个人行走世界，对什么东西有所感触，便把它轻松、清晰、流畅地写出来，就像每日新闻，就像生活……这个使命在呼唤我，令我激动。我感到，整个世界一起、同时、经常地‘瞬息万变’‘令人兴奋’。”

在德国期间，他还去了慕尼黑、多特蒙德、埃森、斯图加特……“我在那里并无什么特殊事情要做，既不去博物馆，也不对公共建筑感兴趣。我坐在街边的长凳上或咖啡馆里，总是兴奋地窥伺，揣着一些复杂念头，不可动摇地坚信现在马上将要发生什么，这些事会对我的生活产生巨大影响。在绝大多数时候，什么也没发生，只是我的钱花光了。熬过漫漫长夜，我抵达汉堡或柯尼斯堡。”在德国，与其说是留学，不如说是流浪，他有生以来第一次作为一个不屈从于他人意志的个体在地球上走、看、听、写和思考。

魏玛是歌德的城市，那里对马洛伊的影响最深最大。“在魏玛，我每天早晨都去公园，一直散步到歌德常在炎热的夏日去那里打盹儿的花园别墅。我走进屋里转上一圈，然后回到城里的歌德故居，在光线昏暗的卧室里站一会儿，那里现在也需要‘更多的光明’；要么，我就徘徊在某间摆满矿石、手稿、木刻、雕塑和图片的展厅里，仔细端详诗人的遗物，努力从中领悟到什么。我就像一位业余侦探，正隐藏身份侦破某桩神秘、怪异的奇案。”在魏玛，他找到了自己精神的氛围：“住在歌德生活过的城市里，就像假期住在父亲家那样……在歌德故居，每个人都多多少少能感到宾至如归，即使再过一百年也一样。歌德的世界收留旅人，即便不能给他们宽怀的慰藉，也能让人在某个角落栖身。”

在德国期间，自由、动荡、多彩的生活使马洛伊重又燃起写诗的热情，他在给好友米哈伊·厄顿的一封信中表示：“在所有的生活任务之中只有一项真的值得人去完成：当一名诗人。”1921年，他的第二部诗集《人类的声音》出版，著名诗人萨布·吕林茨（Szábó Lörincz）亲自撰文，赞赏有加。同年，他还做了一件重要的事情——翻译并在家乡杂志上发表了卡夫卡的小说《变形记》和《审判》，成为卡夫卡的第一位匈牙利语译者和评论者。马洛伊承认，卡夫卡是对他影响最大的作家之一，不是在写作风格上，而是在文学精神上。

1921年，对马洛伊来说是个重要的年份，他在柏林与玛茨奈尔·伊伦娜（昵称“罗拉”，这位考绍的名门闺秀也是为了反叛家人而出走柏林）一见钟情。从那之后，马洛伊与她相濡以沫六十三年；从那之后，罗拉不仅是他的妻子，还是他的旅伴、难友和最高贵意义上的“精神伴侣”，几乎他以后写下的所有文字，罗拉都是第一位读者。

1922年马洛伊的散文集《抱怨书》在家乡出版，其中有一篇《亲戚们》，描写了自己的亲戚们和青少年时代的生活，为后来创作《一个市民的自白：考绍岁月》提供了框架。

1923年，马洛伊与罗拉在布达佩斯结婚，随后两人移居巴黎。“我们计划在巴黎逗留三个星期。但是后来住了六年。”马洛伊在《一个市民的自白：欧洲苍穹下》里详细地讲述了戏剧性的巴黎生活，他在索邦大学读书，去图书馆翻杂志，做一些勉强糊口的工作，给德国和匈牙利报纸撰写新闻，并陪罗拉经历了一场险些让她丧命的重病……尽管在巴黎的生活十分贫寒，但精神生活十分丰富，作为记者，他看到了一个更大的世界，他亲耳聆听过阿波尼·阿尔伯特在日内瓦的著名演讲，见到张伯伦向这位曾五次获得诺贝尔奖提名的匈牙利政治家致意……在这期间，他还去过大马士革、耶路撒冷、黎巴嫩和伦敦，最重要的是读了普鲁斯特；毫无疑问，《追忆似水年华》对他后来创作《一个市民的自白：考绍岁月》和《一个市民的自白：欧洲苍穹下》影响至深，难怪评论家经常将他俩相提并论。

马洛伊在1924年6月20日写的一封信里说：“巴黎吸引我，因此不管我一生中会流浪到哪里，最后都会回到这里。”在巴黎期间，他的第一部长篇小说《屠杀》在维也纳问世，同时他还创作了一部游记《跟随上帝的足迹》。

5

“有什么东西结束了，获得了某种形式，一个生命的阶段载满了记忆，悄然流逝。我应该走向另一个现实，走向‘小世界’，选择角色，开始日常的絮叨，某种简单而永恒的对话，我的个体生命与命运的对话；这个对话我只能在家乡进行，用匈牙利语。我从蒙特勒写了一封信，我决定回家。”1928年春天，马洛伊回到了布达佩斯，但罗拉继续留在巴黎，因为她不相信马洛伊心血来潮的决定：“我名下的公寓还在巴黎，罗拉还留在那里，她不相信我的心血来潮。”

一方面，马洛伊自己也心里打鼓：“我不安地想：回去后我必须要谨言慎行；必须学会另一种匈牙利语，一种在书里面只选择使用的生活语言，我必须重新学匈牙利语……在家乡，肯定不是所有的一切我都能理解；我回到一个全新的家乡……我必须再次‘证实’自己是谁——我必须从头开始，每天都得从头开始……我在家乡能够做什么呢？”另一方面，马洛伊了解自己是“一名能从每天机械性的工作中省出几个小时满足自己文学爱好的记者”，了解自己与生俱来的“匈牙利作家的命运”。他离开家乡，是为了找到自己；回到家乡，则是为了成为自己。

这时的匈牙利，已经不是他离开时的那个祖国。1920年签订的《特里亚农条约》，使原来的“大匈牙利”四分五裂，丧失了72%的领土和64%的人口；考绍市也被划归给捷克斯洛伐克。马洛伊没有回家乡，而是留在了布达佩斯。这时的他，已经是著名的诗人、作家和记者了，他的文学素养、独立精神和世界眼光，都使他很快跻身于精英阶层，成为社会影响力很大的《佩斯新闻报》的记者。

1928年，马洛伊出版了长篇小说《宝贝，我的初恋》。1930年，随着青春小说《反叛者》的问世，开启了马洛伊小说创作的黄金时代。《反叛者》的主人公们是一群青春期少年，他们以乌托邦式的挑战姿态向成年人世界宣布：“我们不想与你们为伍！”他们以纯洁的理想，喊出了战后一代年轻人对世界、对成年人社会的怀疑。这部小说于1930年被译成法语，大作家纪德读后，兴奋地致信这位素不相识的匈牙利作者；存在主义思想家加布里埃尔·马塞尔亲自撰写评论。这部小说与法国作家让·科克多的《可怕的孩子们》,成为当年欧洲文坛的重要事件。同年出版的《陌生人》,则根植于他在巴黎的生活感受，讲述了一个长大成人的男孩如何面对自己的内心世界。

1934 年至 1935 年，马洛伊完成了他自传性质的代表作——《一个市民的自白：考绍岁月》和《一个市民的自白：欧洲苍穹下》，时间跨越世纪，空间纵横欧陆。在《一个市民的自白：考绍岁月》中，他绘声绘色地讲述了自己的家族史和青春期成长史，生动再现了两次世界大战之间东欧新兴市民阶层的生活全景画卷。他用工笔的手法翔实记录了一战前后市民阶层的生存环境、生活习惯、家族传统、人际关系、审美趣味、道德准则、行为规范和社会风俗，刻画之详之细，如同摄像机拍摄后的慢放镜头，精细到各个房间内每件家具的雕花和来历、父母书柜中藏书的作者和书名、妓院房间墙上贴的告示内容和傍晚在中央大街散步的各类人群的时尚装扮。书里有名有姓的人物多达上百个，从皇帝到女佣，从亲友到邻里，从文人、政客到情人、路人，每个人都拥有个性的面孔和命运的痕迹。从文学水准看，该书毫不逊色于托马斯·曼的《布登勃洛克一家》和普鲁斯特的《追忆似水年华》。

在《一个市民的自白：欧洲苍穹下》中，马洛伊回忆了并不久远的流浪岁月。从德国、法国、英国、瑞士等西欧国家，写到东欧的布达佩斯，不仅讲述了个人的流浪、写作和情感经历，还勾勒出欧洲大陆在两次世界大战之间动荡不安、复杂激进的岁月影像，各地人文历史宛然在目，无数历史人物呼之欲出，真可谓一部大时代的百科全书。更重要的是，《一个市民的自白：欧洲苍穹下》以宏大的篇幅记录了一位东欧年轻知识分子的生理和心灵成长史，对内心世界的变化刻画得毛举缕析、委曲毕现，其揭露之酷、剖解之深和态度之坦诚，都是自传作品中少见的。如果让我作比的话，我首先想到的是萨义德的《格格不入》和卡内蒂的“舌耳眼三部曲”。

不过，也正是由于坦诚，马洛伊于1936年官司惹身，他当年的一位神父教师以毁誉罪将他送上法庭，另外作者的几位亲戚也对书中披露的一些细节感到不满，因此，马洛伊被迫销毁了第一版，支付了神父一笔可观的赔偿款，并对该书进行了大幅度的删减，主要删掉了对天主教寄宿学校中男孩们暧昧的情色生活的描述和关于几位亲戚的家庭秘闻，减掉了至少三章的篇幅，还删掉了大量的真实姓名，有的人物则用化名代替。从那之后的近八十年里，读者只能看到删节后的《一个市民的自白》，2015 年时译林出版社推出的《一个市民的自白》就是以 1936 年后的删节本为底本翻译的。

时过五年，我终于能弥补这一遗憾。2020 年疫情期间，我根据匈牙利新出版的《一个市民的自白》的全本，补译了所有被删减的文字，增补了数十条注释，向中国读者呈现出作品的原貌。同时，我还翻译了马洛伊最重要的遗稿《一个市民的自白：我本想沉默》。

马洛伊生前曾在日记里多次提及《一个市民的自白：我本想沉默》这部作品，并把它视作《一个市民的自白》第三部。但是这部作品之前从未出版，甚至没有人见到过它的手稿。直到马洛伊去世多年后，其手稿才被裴多菲文学馆的研究人员在整理马洛伊遗物时偶然发现，并在作者去世二十四年后与读者见面。这次译林社将《一个市民的自白》的全本拆分成《一个市民的自白：考绍岁月》和《一个市民的自白：欧洲苍穹下》，并与《一个市民的自白：我本想沉默》一起作为“马洛伊·山多尔自传三部曲”推出，对广大的“马洛伊迷”来说是一个福音。

6

从 1928 年回国，到 1948 年出国，马洛伊小说的黄金时代持续了整整二十年。毫无疑问，马洛伊是我知道的世界上最勤奋、最多产、最严肃，也是最真诚的作家之一，在当时的匈牙利文坛，他的成就和声誉无人比肩。

在马洛伊的长篇小说中，1942 年圣诞节问世的《烛烬》是语言最精美考究、故事最动人、情感最深沉、风格最强烈的一部。两位老友在离别多年后重逢，在昏暗、空寂的庄园客厅里秉烛对坐，彻夜长谈，追忆久远的过去，一个成了审判者，另一个成了被审判者。年轻的时候，他俩曾是形影不离的金兰之友，相互交心，不分你我；后来，其中一个人背叛了另一个，甚至有一刻动了杀机，结果导致一系列悲剧。马洛伊讲故事，不仅是讲故事，还用莎士比亚式的语言怀念逝去的帝国时代，以及随之逝去的贵族品德和君子情谊，他通过两位老人的对话告诉读者，悲剧的根源不是一时的软弱，而是世界秩序坍塌时人们传统道德观念的动摇。1998 年，《烛烬》最先被译为意大利语，随后英文版、德文版问世，之后迅速传遍世界。至今，《烛烬》仍是马洛伊作品中翻译语种最多、读者最熟悉、市场最畅销的一部小说，后来被多次改编成电影、话剧和广播剧。不久前，书评家康慨先生告诉我，他正在读我刚出炉的《烛烬》译稿，激动得禁不住大声朗读，并摘出他最喜爱的关于音乐、友情、孤独、衰老的段落发给我，说书写得好，也译得好，我心里不仅感到安慰，还感到一种“古代君子”的情愫在胸中涌流，我希望，它能通过我的翻译在我身上留下一部分，也能让读者们通过阅读留下一些。

《真爱》是一部婚姻小说，通过两段长长的独白，先出场的是妻子，随后出场的是丈夫，从两个截然不同的阶层、视角、修养和感受讲述了同一个失败的婚姻。他们两个都以自己的生活经验判断对方，都以自己的真实看待这段婚姻。按照马洛伊的观念，这个婚姻注定是失败的，因为与生俱来的修养差别和阶层烙印。其实这个观点，作者在《一个市民的自白：考绍岁月》中就清楚地表述过：“大多数的婚姻都不美满。夫妻俩都不曾预想到，随着时间的推移，有什么会将他们分裂成对立的两派。他们永远不会知道，破坏他们共同生活的潜在敌人，并不是性生活的冷却，而是再简单不过的阶层嫉恨。几十年来，他们在无聊、世俗的冰河上流浪，相互嫉恨，就因为其中一方的身份优越，受到过良好的教育，姿态优雅地攥刀执叉，或是脑袋里有某种来自童年时代的矫情、错乱的思维。当夫妻间的情感关系变得松懈之后，很快，阶层争斗便开始在两个人之间酝酿并爆发……”

《草叶集》是马洛伊流传最广的散文集，谈人生，谈品德，谈理想，谈哲学，谈情感，为那些处于痛苦之中和被上帝抛弃的人指点迷津。作者在1943年自己的日记里写了这样一段感人的话："我读了《草叶集》，频频点头，就像一位读者对它表示肯定。这本书比我要更智睿、更勇敢、更有同情心得多。我从这本书里学到了许多。是的，是的，必须要活着，体验，为生命与死亡做准备。"

与马洛伊同时代的大诗人尤若夫·阿蒂拉（József Attila）高度称赞他，称他为“匈牙利浪漫主义文学伟大一代的合法后代”。

7

浪漫主义作家的生活并不总是浪漫的，更准确地说，浪漫主义作家通常会比常人更多一层忧患。在新一场战争临近的阴霾下，马洛伊的精神生活越来越沉重。他的自由主义思想、与主流文化的冲突和他桀骜不驯的个性，以及他犀利的语言和独立的人格，都使他在乱世之中从不动摇意志，从不依附任何势力，从不被任何思想冲昏头脑，他与左翼的激进、暴力保持距离，他对右翼的危险时刻充满警惕，因此使得当时各类右翼对他的厌憎就像二战后左翼对他的记恨一样深，无论哪派都视他为“难斗的天敌”。

1934年10月12日，对马洛伊来说是个悲伤的日子，他父亲的去世对他打击很大。虽然父亲很少跟他在一起生活，但在精神、品德和修养上给予他潜移默化的影响非常大。中学毕业时，马洛伊曾写信向好友倾诉，并这样描述自己

的生活榜样 :“一个许多人敬重但很少有人喜欢的人，一个从来不向外部世界妥协、永远没有家的人。也许在这个坍塌的家里正是这个将我们维系在一起 : 无家感。”父亲的死，使马洛伊陷入内心更深的孤独，当时很少写诗的他，在悲痛中写了一首《父亲》。

1930 年代初，德国纳粹主义日益嚣张，托马斯·曼于 1930 年 10 月 17 日在柏林贝多芬厅发表著名的《德意志致词》，直言不讳地称纳粹主义是“怪僻野蛮行径的狂潮，低级的蛊惑民心的年市上才见的粗鲁”，是“群众性痉挛，流氓叫嚣，哈利路亚，德维斯僧侣式的反复诵念单一口号，直到口边带沫”，为此受到希特勒的迫害。马洛伊与托马斯·曼的观点一致，他也率先在匈牙利报纸上撰文，提醒同胞提高警惕，结果遭到本国的民粹主义者憎恨，视他为激进的左派分子。1935 年，他与流亡的托马斯·曼在布达城堡会面，更坚定了他的反法西斯立场。

1939 年 2 月 28 日，罗拉为马洛伊生了一个可爱的儿子，取名“克利斯托夫”，但孩子只活了几个星期，不幸死于内出血。从那之后，马洛伊写了一张字条放在文件夹里带在身边，字条上写着 :“克利斯托夫，亲爱的克利斯托夫！你别生病！！！”葬礼之后，他长达几个月沉默不语，写了一首诗《一个婴儿之死》：

他留下了什么？他的名字。
他头发的香气留在梳子上。
一只维尼熊，他的死亡证明。
一块带血的破布和一条绷带。
世界的万能与全知啊，
我不懂，为什么要对我这样？
我不叫喊。活着并沉默。
现在他是天使，假如存在天使的话——
但这里，在地下，一切都无聊和愚蠢，
我不能原谅任何人，永远不能。

就在马洛伊丧子的同年，二战爆发，马洛伊感到十分悲愤，他在《佩斯新闻报》上发表了一篇题为《告别》的文章，写道："现在，当黑暗的阴云笼罩了这片高贵的土地，我的第二故乡，它的地理名称叫欧洲：我闭上了眼睛，为了能更清晰地看到这一瞬间，我不相信，就此告别……"

8

1944 年 3 月 19 日，德军占领了匈牙利。马洛伊在日记中悲愤地写下："耻辱地活着！耻辱地在百日行走！耻辱地活着！……我心里仿佛有什么东西在 3 月 19 日破碎了。我听不到我的声音；就像被乐器震聋了耳朵。"

三天之后，作家夫妇逃到了布达佩斯郊外的女儿村（Leányfalu）避难，当时，罗拉的父亲被关入了考绍市的"犹太人集中区"，罗拉的妹妹和两个孩子跟他们在一起。马洛伊还在日记中记录了一件事：曾有一个女人找到他们，说只要他们付一笔钱，就可以让他们在盖世太保的秘密帮助下搭乘一架红十字会飞机飞往开罗，但被马洛伊回绝了……后来证明，马洛伊的决定使他们幸运地躲过一劫，搭乘那架飞机的人全部被送进了德军在奥地利境内建造的茅特森集中营。这一年，他没有出新书。

1945年2月，马洛伊在布达佩斯的公寓于空袭中被炸成了废墟，六万册藏书的毁灭，象征了文化的毁灭。战火平息后，马洛伊创作的新戏《冒险》公演大获成功，他用这笔收入买了一套一居的公寓，在那里住到1948年流亡，之后他母亲住在那里直到1964年去世。

战后，有关当局请马洛伊出任匈牙利–捷克斯洛伐克友好协会主席，被他拒绝了，因为他无法在自己的家乡被割让、自己的同胞被驱逐的情况下扮演这个玩偶，他说："恐怖从法西斯那里学到了一切：最终，没有人从中吸取经验。"他不但拒绝当主席，还退出协会表示抗议，这一态度，自然受到左翼政府的记恨，他被视为危险的右派、"与新社会格格不入的资产阶级残渣"。

回顾历史，无论右派左派，都是对马洛伊先攻击，后拉拢，拉拢不成，打压噤声；最后，连他的肉身存在都会令当权者不能容忍，于是逼迫他流亡西方……不过有趣的是，马洛伊在文学上卓越的造诣、优雅的风格和高超的水准使他的作品充满了魅力，令人欲罢不能，不管持有哪派观点的人都忍不住会去读他的书。因为不管他写什么都会独树一帜，都会触动人心，都拥有不容否认的文学价值和人文思想。

1947 年，马洛伊虽然当选为匈牙利科学院院士，拥有名衔和勋章，但由于他的文学风骨、他的抗拒性沉默、他与主流文学保持清醒的距离，最终他仍难逃脱当局的打压。1948 年，马洛伊永远地离开了故乡。

自从 1948 年 8 月 31 日马洛伊和罗拉离开匈牙利后，至死都没有再回到那片土地。他们走的时候十分孤独，没有人到火车站送行。在瑞士，匈牙利使馆的人找到他问："您是左派的自由主义作家，现在 95% 您想要的都得到了，为什么还要离开？"马洛伊回答："为了那 5%。"

他们先在瑞士逗留了几周，之后移居意大利的那不勒斯，在那里一直住到 1952 年。1949 年，马洛伊仅用了三个月的时间，写完了他的又一部重要作品《土地，土地……！》，这部回忆录讲述了流亡初期的生活，直到 1972 年才正式出版。在《一个市民的自白：我本想沉默》被发现之前，这本书一直被评论界视为《一个市民的自白》的第三部，现在看来，它应该是第四部。马洛伊在《土地，土地……！》中写道："我之所以必须离开，并不仅仅因为他们不允许我自由地写作，更有甚者的是，他们不允许我自由地沉默。"

在意大利期间，他开始在《自由》日报和"自由欧洲电台"工作。

9

1952 年，马洛伊和罗拉移居美国纽约，并在伦敦出版了流亡生涯中写的第一部作品《和平的伊萨卡岛》。1954 年在《文化人》杂志发表长诗《亡人的话》，被誉为 20 世纪匈牙利诗歌的杰作。身在异邦，心在家乡，马洛伊曾在纽约的中央公园里写过一首小诗《我这是在哪儿？》，流露出他背井离乡的无奈和惆怅：

我坐在长椅上，仰望着天空。
是中央公园，不是玛格丽特岛。
生活多么美好——我要什么，就得到什么。
这里的面包有股多么怪的味道。
怎样的房屋和怎样的街道！
莫非现在叫卡洛伊环路？

这是怎样的民众啊！——能够忍受匆忙的脚步。
到底谁在照看可怜祖母的坟冢？
空气醉人。阳光明媚。
上帝啊！——我这是在哪儿？

1956年10月，匈牙利爆发了人民自由革命，马洛伊在“自由欧洲电台”进行时事评论。次年，马洛伊夫妇加入了美国国籍。1967年马洛伊夫妇移居意大利南部的萨莱诺市。

1973年，马洛伊和罗拉去维也纳旅游以纪念结婚五十周年，但没有回近在咫尺的祖国。自从马洛伊流亡后，匈牙利查禁了他的作品。1970年代，匈牙利政府为了改善国际形象，不仅解禁了马洛伊的作品，而且邀请他回国。然而，马洛伊的骨头很硬，他表示只要自己的家乡还不自由，他就决不返乡，甚至禁止自己的作品在匈牙利出版。1974年底他们返回美国，1980年移居圣地亚哥，在那里度过晚年。

20世纪，欧洲有许多文人过着流亡生活，但很少有谁流亡得像马洛伊这样决绝和孤独，他的骨头本来就很硬，流亡更是把它磨砺成了钢铁。托马斯·曼战后也没有回德国，但他可以说“我在哪里，德国文化就在哪里”。德国人都在读他的书，以这位坚决的反法西斯作家为荣。可马洛伊呢？

他的匈牙利文化在哪儿？他代表的高尚文化已经成为历史，冷战的文化充满了谎言，即便他的祖国不禁他的书，他也自己坚持沉默，捍卫自己坚守的道德价值和文化价值，不与政治和流行为伍，但他一生没有放弃母语写作，也不为西方的市场写作。流亡期间，他不停地写作，没有出版社给他出书，他就自己出钱印，至少罗拉是他的读者。

流亡期间，他先后出版了长篇小说《圣热内罗的血》（1965）、《卡努杜斯的审判》（1965）、《在罗马发生了什么》（1971）、《土地，土地……！》（1972）、《强壮剂》（1975）、《尤迪特……和尾声》（1980）、《三十枚银币》（1983）、《青春集》（1988），诗集《一位来自威尼斯的先生》（1960）、《海豚回首》（1978），戏剧《约伯……和他的书》（1982），以及1945年至1985年的《日记》。在这些作品中，最重要的除了《土地，土地……！》外，就该算《尤迪特……和尾声》了。

其实，《尤迪特……和尾声》是《真爱》的续篇，以一对情人独白的形式，将四十年前写的故事延续到了现在，延伸到了美国，为逝去的时代和被战争与革命消灭了的“市民文化”唱了挽歌。毫无疑问，作者在书里留下了自己的影子——站在被炸毁的公寓废墟中央，站在几万卷被炸成纸浆的书籍中央，直面文化的毁灭。这是马洛伊一生唯一一部续写的小说,可见他对这部书情有独钟。作者去世后，《真爱》和《尤迪特……和尾声》被合订在一起出版，就是读者将要读到的中文版《伪装成独白的爱情》。

在流亡的岁月，马洛伊除了与爱妻罗拉相依为命，不离不弃，还领养了一个儿子亚诺士，亚诺士结婚后生了三个孩子，他们成了作家夫妇的感情慰藉。然而岁月无情，从 1985 年开始死神一次次逼近他，他的弟弟伽博尔和妹妹卡托于这一年去世。1986 年 1 月 4 日，与他厮守了半个多世纪的爱妻罗拉也离开了他；秋天，他那位电影导演的弟弟盖佐去世。1987 年春天，养子亚诺士也不幸去世，白发人送黑发人，马洛伊再次陷入深深的悲痛。就在这年秋天，他留下了遗嘱。

10

1988 年，随着东欧局势的改变，匈牙利科学院和匈牙利作家协会先后与他取得联系，欢迎他叶落归根，但他还是没有动心。岁月和历史已经让他失去了一切，他不想失去最后一分对自由理想的坚持。

遗憾的是，马洛伊未等到祖国自由，他太老了，太孤独了。

1989 年 1 月 15 日，他在日记里写下了最后一行："我等着死神的召唤，我并不着急，但也不耽搁。时间到了。"

2 月 20 日，他写了最后一封信给好友、遗稿托管人沃罗什瓦利·伊什特万（Vörösváry István）夫妇，他在信中写道："亲爱的伊什特万和亲爱的伊莲：我心灰意懒，不能再这样下去了。我始终疲乏无力，再这样下去，很快就不得不进医院接受看护。这个我想尽量避免。谢谢你们的友谊。

你们要好好照顾彼此。我怀着最好的祝愿想念你们。马洛伊·山多尔。”

2 月 21 日，马洛伊在圣地亚哥家中用一枚子弹结束了自己的生命，他以自由地选择死亡这个高傲的姿态成为不朽。“所有的一切慢慢变成了回忆。风景、开放的空间、我行走的大地，所有的一切都充满了启示。所有的一切都讲述着这条遭到损毁、已然流逝、痛苦而甜美的生命，所有的土地都粘挂着无可挽回的、残酷的美丽。也许，我还有很少的时间。但是我要作为死者经历我的人生：我的羞耻（这个羞耻就是在这里维生，就是我在这里度过的生命之耻）不允许做另外的判决。”马洛伊生前曾这样说。1942 年，他还写过一首《在考绍》的诗，在中年时就平心静气地讲述了生与死的轮回：

严肃的，令人回忆的
与亡者以你相称的
与先人相互慰藉的
骄傲和独一无二的
旅行，这也是宿命——
我从这里开始，或许

也在这里结束。

就在马洛伊离世那年的秋天，东欧剧变，柏林墙倒塌，匈牙利也发生了体制改革。他自由的梦实现了，但他提前去了天上。从 1990 年开始，他的全部作品在匈牙利陆续出版，政府还追授他“科舒特奖章”，这是历史上第一次将这个奖章颁发给亡者。从某个角度讲，马洛伊这根流亡的骨头以他的坚忍不屈，战胜了残酷的时间。匈牙利还设立了慧眼识珠的“马洛伊·山多尔文学奖”，推出了一位又一位的后继者，其中包括继承了他精神衣钵的凯尔泰斯。正如匈牙利文学评论家普莫卡奇·贝拉所言：“假如，有过一位其生活方式、世界观、道德及信仰本身等所有的一切就代表着文学的作家，那么毫无疑问，这个人就是马洛伊·山多尔。在他的文字里，可以找到生命的意义；在他的语言中，可以窥见个体与群体的有机秩序，体现了整个民族的全部努力和面貌。”

马洛伊一生都没有放下笔，总共写了五十多部作品，长达十几卷的《日记》具有极高的历史、文学和思想价值。去世后，他的全部作品在匈牙利出版，留下的遗稿也陆续面世，新出版了至少有二十多部著作。

“死亡的诗人仍在勤奋工作”，这是马洛伊曾经形容他的文学启蒙恩师科斯托拉尼·德热时写下的一句话，实际上这句话也适用于他自己。

很希望译林出版社的这几本马洛伊作品只是我们认识马洛伊的开始，也希望这位已成为天使的老作家能通过文字坐到我们中间，他是凡间极少见到的高尚、独立、聪慧、坚忍、柔情、勤奋，而且品质上几乎没有瑕疵的人。即便因为他，我也愿相信：存在天使。

2022年1月22日，布达佩斯

图书在版编目（CIP）数据

烛烬 /（匈）马洛伊·山多尔著；余泽民译．—南京：译林出版社，2022.11
（马洛伊·山多尔作品）
ISBN 978-7-5447-8880-9

Ⅰ.①烛…　Ⅱ.①马… ②余…　Ⅲ.①长篇小说－匈牙利－现代　Ⅳ.①I515.45

中国版本图书馆 CIP 数据核字（2021）第 201882 号

著作权合同登记号　图字：10-2019-585 号

烛烬 ［匈牙利］马洛伊·山多尔 / 著　余泽民 / 译

责任编辑　张　睿
装帧设计　陆智昌
校　　对　王　敏
责任印制　颜　亮

出版发行　译林出版社
地　　址　南京市湖南路 1 号 A 楼
邮　　箱　yilin@yilin.com
网　　址　www.yilin.com
市场热线　025-86633278
排　　版　南京展望文化发展有限公司
印　　刷　中华商务联合印刷（广东）有限公司
开　　本　787 毫米 ×1092 毫米　1/32
印　　张　7.75
插　　页　6
版　　次　2022 年 11 月第 1 版
印　　次　2022 年 11 月第 1 次印刷
书　　号　ISBN 978-7-5447-8880-9
定　　价　58.00 元